MALETS GEHEIMNISSE VON PARIS
(Les nouveaux mystères de Paris)

Herausgegeben von
Pierrette Letondor und Peter Stephan

14. Arrondissement

LÉO MALET

DIE RATTEN IM MÄUSEBERG

(Les rats de Montsouris)

Aus dem Französischen
von Hans-Joachim Hartstein

ELSTER VERLAG
MOOS & BADEN-BADEN

Abdruck der Karten mit freundlicher Genehmigung
Editions L'INDISPENSABLE Paris

Satz und Herstellung:
Reinhard Amann, Leutkirch

Druck und Bindung:
Spiegel, Ulm

Einbandgestaltung:
Christoph Brudi

ISBN 3-89151-051-9

I

Das Fuchsgesicht

Es war eine dieser viel zu seltenen warmen Sommernächte. Eine von denen, wie ich sie liebe: stickig und trocken, nicht das leiseste Lüftchen, nicht die geringste Aussicht auf ein nur scheinbar erfrischendes Gewitter. Eine Hitze wie im Treibhaus. Den Thermometern stieg das Quecksilber zu Kopfe, und die dünnsten Laken waren schwer wie Blei.

Die Rue du Cange lag wie benommen da. Im allgemeinen regt Temperatur die Phantasie an. Im Augenblick aber konnte von einem Plauderstündchen hier und da keine Rede sein. Nirgendwo in diesem dichtbewohnten Viertel gab eine Concierge auf der Schwelle ihrer Loge eine Pressekonferenz.

Durch die geöffneten Fenster eines schäbigen Hotels hörte man, wie arme Schlucker auf quietschenden Matratzen einen aussichtslosen Kampf gegen ihre Bettgenossen, die Wanzen, führten. Durch die dunstig schwüle Atmosphäre drang das Rollen eines Zuges von Montparnasse zu mir.

Davon abgesehen, störte kein Geräusch die schmutzigklebrige Stille der Nacht. Der Zuglärm verlor sich in der Ferne, war nur noch ein Murmeln, verstummte nach einem kurzen Pfiff. Die Waggons rasten mit glücklichen Urlaubern in die Bretagne, ans jodhaltig duftende Meer. Aus dem Gully direkt neben mir stank es jedoch wie die Pest.

Ich bog in die Rue du Moulin-de-la-Vierge ein. An der Kreuzung Rue de l'Ouest fand ich weder Mühle noch Jungfrau, dafür aber einen safrangelben Zwerg, der wohl von Osten kam. Er trat gerade aus dem Bistro, in das mich meine berufliche Pflicht rief. Auf leisen Filzsohlen verschwand der

Zwerg so unauffällig wie möglich in der Nacht, Richtung Rue Raymond-Losserand, ehemals Rue de Vanves.

Ich trat in das gelbe Licht des Bistros. Hier drinnen herrschte dieselbe drückende, beinahe unwirkliche Stille wie draußen. Man hätte meinen können, man befinde sich in einem dieser englischen Clubs. Dort soll unbedingtes Stillschweigen herrschen, hab ich gehört. Und etwa so sah das hier im Moment auch aus, allerdings dreckiger und leerer.

Die niedrige Decke war so gut eingeraucht wie meine Pfeife. Die Werbeplakate an den Wänden hatten durch das schändliche Tun der Fliegen arg gelitten.

Auf dem rissigen Zink der Theke hatten die Gläser ihre bläulichen runden Ringe hinterlassen. Ein kräftiger Bursche im Unterhemd und mit melancholischem Blick – wahrscheinlich der Chef dieses Luxusschuppens – spülte träge die Gläser im Schweiße seines Angesichts, der in die trübe Brühe des Spülbeckens tropfte.

Auf der zahlenden Thekenseite stand ein einziger Gast, der genauso schlecht gekleidet war wie ich. Prüfte grade einen Wein von ungeprüfter Herkunft. Der einsame Zecher warf mir einen flüchtigen, gleichgültigen Blick zu, um sich dann wieder seiner Lieblingsbeschäftigung zu widmen. Duch seine Kehle war schon so einiges geflossen.

Als Gentleman, der weiß, was sich gehört, warf ich ein fröhliches *„Sieudam“* in die Runde. Weder der Wassermolch noch sein Gast erwiderten meinen Gruß. War auch wirklich zu heiß, um wertvolle Energie sinnlos zu vergeuden.

Trink und halt die Klappe, das war hier wohl die Devise.

Das einzig wahrnehmbare Geräusch in diesem allgemeinen Stillschweigen – abgesehen von der Spülerei in der trüben Brühe – drang aus dem Hinterzimmer, durch eine Lamellentür: das Aneinanderstoßen von Billardkugeln. Die Spieler hatten nicht das Bedürfnis, die Stöße zu kommentieren.

Ich lehnte mich an die Theke. Der unterhemdsärmlige Wirt unterbrach das Gläserspülen. Zu meiner großen Überraschung kriegte er sogar die gelben Zähne auseinander.

„Ja bitteschön?“
„Ein Kleines.“
„Gibt nur kleine Flaschen.“
„Dann ’ne kleine Flasche“, echote ich und nickte bekräftigend.
Der träge Kraftprotz seufzte tief, holte ein dickes Fläschchen aus dem Kühlschrank, öffnete es gekonnt, schnappte sich eins von den Gläsern, die grade trockneten, und stellte den ganzen Kram vor mich hin. Dann machte er sich schweigend wieder an seine Taucherei. Ein weiterer Seufzer war fällig. Seinen hundert Kilo Lebendgewicht machten die 28 Grad auf dem Martini-Thermometer offensichtlich zu schaffen.
Ich goß mein Glas voll und leerte es halb. Das Bier war keine Sensation, ließ sich aber trinken und war vor allem kalt.
Ich wartete darauf, daß jemand seine Meinung über die Affenhitze äußerte. Nichts. Nur die Elfenbeinkugeln nebenan stießen gegeneinander. Ich holte meine Pfeife raus, stopfte sie in aller Ruhe und zündete sie an. Danach fragte ich den Wirt nach dem kürzesten Weg zum stillen Örtchen und ging ins Hinterzimmer. Alles in aller Ruhe.
Der fensterlose Billardraum war ziemlich groß. Mit seinen zwei Billardtischen stellte er ’n verdammten Luxus für diese schäbige Kneipe dar. Beide Tische waren besetzt. An dem einen spielten zwei Arbeiter, an dem anderen übte ein einsamer Spieler schwierige Stöße. Wie Schatten schlichen sie um die schweren Tische herum. Die einzigen Lichtquellen waren die grellen Lampen direkt über dem grünen Tuch. Die Kugeln glänzten und drehten sich wie Mannequins bei der Modenschau.
Einen Augenblick sah ich den beiden Spielern am ersten Tisch zu, dann ging ich zu dem Solisten. Ein langer Kerl, kantig, mit einem Riesenzinken zwischen den hervorspringenden Backenknochen. Bei der Nase brauchte er gar kein Queue! Die Backenknochen erinnerten an Simone Signoret. Aber das war auch schon das Ende der Ähnlichkeiten. Gekrönt wurde das Ganze von einem dichten schwarzen Haarschopf. Vierzig

Jahre und keinen eigenen Zahn mehr im Maul, wenn mich mein Gedächtnis nicht im Stich ließ. Hatte sich nacheinander alle ziehen lassen, um die Renovierungsarbeiten nicht zu behindern.

Seine helle Jacke hing über einem Stuhl. Das weiße Hemd mit den hochgekrempelten Ärmeln hatte noch nie was von Persil gehört. Eine Tätowierung schmückte die Innenseite des rechten Unterarms: ein Schiffsanker mit einer ziemlich giftigen Schlange als Tau. Die Farbe war verblaßt, Zeichen von Bemühungen, diesen dekorativen Hautschmuck entfernen zu lassen. Aber man hätte schon blind sein müssen, um das Kunstwerk nicht zu bemerken. Vor allem, weil der Solospieler sich keine Mühe gab, es zu verbergen. Vielleicht hatte er es sich inszwischen wieder anders überlegt.

Über das grüne Tuch gebeugt, bereitete er einen dieser Stöße der Meisterklasse vor, von dem man in den Bierakademien noch lange reden würde. Dabei hielt er seinen rechten Unterarm in den Lichtkegel, so als sollte ich sein besonderes Kennzeichen begutachten.

Dann nahm er eine etwas normalere Haltung ein, setzte zur Karambolage an... und der erhoffte Meisterstoß ging wie ein schlecht eingefädelter Coup daneben.

Ich konnte mir eine kleine Bemerkung nicht verkneifen. Der glücklose Meisterspieler richtete sich auf. Sein Kopf befand sich jetzt im Halbdunkeln.

„Nicht besonders, hm?" sagte er mit leiser, heiserer Stimme. Wie einer, der was am Kehlkopf hat oder gute Gründe, im Flüsterton zu sprechen.

„Kenn mich da nicht so aus", antwortete ich. „Vielleicht hab ich Sie auch gestört..."

Er hatte begonnen, das Queue mit einem blauen Kreidewürfel profihaft einzuschmieren. Nebenan wurde weitergespielt. Die beiden kümmerten sich nicht um das, was um sie herum vorging.

Ich spielte den aufdringlichen Schwätzer:

„Ich meine, vielleicht ist das etwa so wie beim Pferderennen“, erklärte ich. „Auf dem Papier läuft alles wie geschmiert. Aber sobald man sein Geld gesetzt hat, läuft alles beschissen. Vor allem der Gaul, auf den man gesetzt hat.“

Ich klopfte die Pfeife an meinen schiefgelaufenen Absätzen aus.

„Ist bei Ihnen vielleicht genauso“, fuhr ich fort. „Solange Sie alleine spielen, klappt alles wunderbar. Stellt sich aber irgendein Blödmann daneben und sieht zu, haut's nicht hin. So meinte ich das ... ungefähr ...“

Einsilbig und vielsagend faßte der Tätowierte die Gedanken zusammen, die ihm bei einem wie mir kamen.

„Hm ...“

„Entschuldigen Sie bitte, falls ich Sie gestört haben sollte“, setzte ich noch einen oben drauf. Ein Quälgeist weiß, was er seinen Mitmenschen schuldig ist!

„Schon in Ordnung“, knurrte der andere.

Er legte den blauen Würfel wieder zur Seite und betrachtete eingehend meine Pfeife mit dem Stierkopf, dich ich liebevoll wieder stopfte. In aller Ruhe. Dabei nahm ich den dämlich grinsenden Gesichtsausdruck eines Familienvaters an, dessen Kinder gerade gelobt werden.

„Ach, Sie interessieren sich für meine Pfeife, hm? Hübsch, nicht war? Finden alle.“

Bisher war mein Gesprächspartner ziemlich kühl gewesen für die Jahreszeit. Jetzt schien er aufzutauen.

„Ist das ein Einzelstück?“ erkundigte er sich.

„Sie wollen wohl auch eine, hm? Oder warum fragen Sie?“

„Hm ...“ brummte er, „... weil ... ich hab mal einen gekannt ...“

Er kam um den Billardtisch herum, um mich besser sehen zu können. Nachdem er mich gemustert hatte, lachte er verlegen. Seine Porzellanzähne strahlten dabei zwischen seinen dünnen Lippen.

„Scheiße!“ fluchte er. „Ich glaub, Sie sind der Kerl.“

„Was für'n Kerl? Saubert mein Name.“

„Saubert, ja.“

Ich neigte den Kopf zur Seite. Wenn man sich jemanden ganz genau ansehen will, neigt man immer den Kopf zur Seite. Weiß nicht, warum. Aber ich bin ein traditionsbewußter Mensch. Nach einer Reihe von „ja... ja... ja..." sagte ich:

„Jetzt hab ich's! *Stalag* XB, stimmt's?"

„Stimmt. Ferrand."

Ich tat überrascht:

„Ja, natürlich! Ferrand! Also wirklich, die Welt ist klein."

„Sehr klein", stimmte Ferrand mir zu. Klang komisch.

Wir drückten uns die Hand. Ich fragte:

„Und, was ist aus dir geworden?"

„Man schlägt sich so durch", antwortete er achselzuckend.

Ich seufzte.

„Und ich bin arbeitslos. Lieg auf der Straße... keine Wohnung. Hier in der Gegend gibt's 'ne Filiale der Heilsarmee. Deswegen treib ich mich hier rum. Wollte nur sehen, ob was zu holen ist. Hatten aber schon dichtgemacht...
Na ja, egal. Morgen ist auch noch 'n Tag. Und heute nacht... Schneit ja nicht grade. Ich kann draußen pennen."

Ich legte eine Ruhepause ein und sah meinen alten Kriegskameraden an. Als wär sein Rasierklingengesicht 'ne Sehenswürdigkeit gewesen!

„Ferrand, altes Haus! Also wirklich! So'n Glück aber auch! Weil... äh... na ja, wo wir schon mal hier stehen ... äh... Hast du nicht vielleicht zwei- oder dreihundert Francs übrig? In Erinnerung an Stacheldraht und Brigadegeneral, hm? Nur um meinem Stier Gras zu geben. Zwei- oder dreihundert. Dann komm ich schon klar..."

„O.K.", knurrte Ferrand.

Damit hatte er gerechnet. Er holte aus seiner Hosentasche zwei zerknitterte Scheine und gab sie mir. Dankbar lächelnd steckte ich das Geld ein.

„Wie wär's mit einem Gläschen, als Zinsen?" schlug ich vor.

Er verzog das Gesicht.

„Nein, danke."

Sein Tonfall war so trocken wie meine Kehle. Ich gab nicht auf, und schließlich ließ er sich doch von mir einladen. Wohl in der Hoffnung, mich dann loszuwerden. Wenn das nicht so war, war es gut gespielt.

Wir setzten uns an die Theke. Der einsame Weintrinker war verschwunden. Der Wirt bekämpfte immer noch die Hitze mit Gläserspülen. Er unterbrach die Handdusche und stellte uns ein Vichy und ein kleines Bier hin.

Bei Ferrand (wie Clermont) schien sich die Begeisterung dafür, einen alten Mitgefangenen zu treffen, in Grenzen zu halten. Ich konnte die schönsten Erinnerungen unseres Aufenthaltes in Sandbostel bei Hannover heraufbeschwören, aber er zeigte nicht die gewünschte Wirkung. Er kommentierte meine Geschichten mit „Hm" oder „Tja". Mehr kam nicht. Er ließ mich über sich ergehen. Würde wohl keine Ewigkeit dauern. Nicht wahr, Herr Wirt? Das können Sie doch unschwer in den gequälten Blicken lesen, die er Ihnen zuwirft, hm? Alles klar, wie man bei der Reitenden Gebirgsmarine zu Fuß sagt. Und dann gehen manche Leute ins Kino! Zum Totlachen!

Aber ich wollte keine Wurzeln schlagen. Ich zahlte, drückte Ferrand noch mal die Hand und verzog mich. Schon in der Tür, den Backofen draußen vor mir, hörte ich den Tätowierten brummen:

„Wieder son'n Schnorrer."

„Sind alle gleich", stimmte der Wirt ein.

Darum also sein hartnäckiges Schweigen! Er sagte nur was, wenn ihm was besonders Originelles einfiel.

* * *

Schlendernd erreichte ich die Rue Vercingétorix, und schlendernd versuchte ich, hier auf dem Bürgersteig zwischen Rue de Gergovie und Rue d'Alésia so wenig Aufmerksamkeit wie möglich zu erregen. Die Rue Vercingétorix war genauso tot wie der Mann aus der Auvergne, dessen Namen sie trägt.

Absolute Stille. Manchmal eignet sich das Viertel hier hervorragend zum Nachdenken. Oder zum hinterhältigen Überfall. Ich hatte das Gefühl, die Laternen warfen ihr Licht auf den Mittelgang eines Friedhofs. Zwei oder drei Autos rasten nicht grade gesittet über die Rue d'Alésia. Der weiche Teer klatschte gegen das Blech. Aber dieses kurze Intermezzo konnte man nicht zur Kategorie Lärm zählen. Kaum begonnen, war es schon wieder zu Ende. Wie manchmal die Liebe. Einen Moment lang schien es so, als wollte sich die menschenleere Wüste beleben. Ein Mann mit O-Beinen bog in die Straße ein, machte aber sofort wieder kehrt. Wahrscheinlich hatte er sich in der Richtung geirrt. Mit solchen Beinen hätte ich auf Maisons-Laffitte getippt... Oder vielleicht hatte ich ihm Angst eingejagt. So was kommt schon mal vor. Der nächste Nachtschwärmer bestärkte mich in meiner wenig schmeichelhaften Meinung über mein eigenes Aussehen. Er kam unsicher auf mich zu. Sah aus wie 'n Beamter auf dem Heimweg von einer kleinen Feier. Als er an mir vorbeiging, warf er mir einen seltsamen Blick zu, und gleichzeitig suchte er (mit dem anderen Auge) die nächste Notrufsäule. Dann verschwand er plötzlich in einem Mietshaus und schlug heftig die Tür hinter sich zu. Kurz darauf wurde oben in einer Wohnung Licht gemacht. Na ja, trotz seiner Eile hatte er sich offensichtlich auf der Treppe nicht den Hals gebrochen. Das Licht wurde wieder gelöscht. Jetzt war es wie vorher: ruhig, friedlich, menschenleer. Vielleicht hier und da Leute in den dunklen Zimmern, hinter den Gardinen auf der Lauer, wie Eulen. Die würden nicht aus ihren Schlupflöchern gelockt werden, da könnte eine Bombe explodieren. Bei solchen Leuten fällt unterlassene Hilfeleistung unter die Dunkelziffer der Wahrscheinlichkeitsrechnung. Hübsche, ruhige Gegend hier, ideal für verdächtiges Treiben. Brave Bürger, die tagsüber arbeiten und nachts schlafen, glauben gar nicht, daß es so was gibt in Paris. Ruhige Flecken, friedlich und bieder unter der hellen Sonne; aber in der Dunkelheit verwandeln sie sich, werden fremd, feindlich, furchteinflößend... Vor allem, wenn man getürkte Verabredungen hat.

Ich hatte es nicht für nötig gehalten, meine Kanone einzustecken. Jetzt bedauerte ich das beinahe.

Ich drückte mich in eine Häuserecke, mit dem Rücken zur Wand. Bloß keine bösen Überraschungen! Ich wartete.

Da ich nichts anderes zu tun hatte, ließ ich den vergangenen Tag an mir vorbeiziehen. Alles, was sich seit dem Morgen ereignet hatte, durchlebte ich in Gedanken noch einmal.

2

Der Wolf im Schafspelz

10 Uhr. Hélène und ich sitzen im Büro und löschen unseren Durst. Durch die geöffneten Fenster dringt fröhlicher Straßenlärm zu uns. Der Tag verspricht, was er dann auch halten wird. Das Thermometer hat bereits eine schwindelerregende Höhe erreicht. Seit 1940 hat Paris keinen so heißen Sommer erlebt.

Die ewigen Nörgler fragen sich schon, ob das ein gutes Zeichen ist.

In Hemdsärmeln, ohne Krawatte, mit offenem Kragen, Pfeife im Mund, wegen und trotz der Hitze: so sitze ich hier und schicke dicke Rauchwolken in Richtung Ventilator, der sie surrend zerrupft. Ich sehe zu meiner Sekretärin rüber, die an ihrem Tisch sitzt. Ich denke: die sind alle gleich. Haben nicht den Mut, ihre Ansicht frei heraus zu zeigen. Hélène trägt ein luftiges Kleid in kräftigen Farben, ärmellos und großzügig ausgeschnitten. Steht ihr sehr gut, das schicke Teil. Und dieses Dekolleté hat mich so nachdenklich gemacht. Täuscht genauso wie ein falscher Zeuge. Man kann ruhig hineinschielen, das Beste von allem ist sowieso noch mal separat verpackt. Gehört sich das? Bei dieser Hitze muß das doch eine Tortur sein! Gerade will ich dem schönen Kind meine Meinung sagen, als das Telefon klingelt.

„Hallo?“

„Nestor Burma?“ fragt eine gedämpfte Stimme.

„Höchstpersönlich.“

„Hier Ferrand.“

Der Name sagt mir erst mal gar nichts.

„Ferrand?“

„Paul Ferrand. Wir haben uns im *Stalag* kennengelernt, und dann..."

„Ach ja, natürlich! Jetzt dämmert's mir. Ferrand! Bist du raus aus dem Knast?"

„Ja. Ich muß Sie treffen."

„O.K. Werd bei meiner Concierge 'n Tausender für dich hinterlegen. Kannst ihn dir abholen, wann du willst."

„Sie verstehen mich falsch. Ihr Tausender kann mich mal. Hab nicht die Absicht, Sie anzupumpen. Nicht daß ich nicht blank wär! Aber Ihr Tausender ist mir scheißegal. Ich muß Sie treffen."

„Na gut, dann rutsch rüber."

„Nicht bei Ihnen. Wir machen das folgendermaßen..."

Und er erklärt mir das Drehbuch. Bläst mir so sehr die Ohren voll, daß ich mit allem einverstanden bin.

„Also dann, bis heute abend, ja?" sagt er, bevor er auflegt.

„O.K.", antworte ich automatisch.

„Wer war das?" fragt Hélène.

„Ein gewisser Ferrand. Hab ihn in der Gefangenschaft kennengelernt. Hinterher hab ich ihn noch hin und wieder mal gesehen. Kommt gerade aus dem Knast. Fünf Jahre. Weiß nicht mehr, wofür. Ein ziemlich sympathischer Gauner, weit über dem Durchschnitt. Nicht das Übliche. Überhaupt nicht. Er will mich treffen..."

„Das ist ja nicht unüblich", wirft meine Sekretärin ein.

„Hören Sie sich erst mal alles bis zum Schluß an. Das Treffen soll heute abend stattfinden, Rue de Moulin-de-la-Vierge, 14. Arrondissement, in einer Billardkneipe, ganz zufällig. Ich muß mich als Clochard verkleiden. Wird wohl 'ne abenteuerliche Karambolage werden. Mit Erkennungszeichen. Ja, ein ganz Gründlicher, dieser Ferrand! Damit wir uns nicht verwechseln, muß ich meine Pfeife mit dem Stierkopf rauchen. So eine hatte ich auch schon im Lager. Er wird mir seine Tätowierung zeigen. Ich glaub, der weiß nicht, was ich von Beruf bin. Verwechselt mich wohl mit einem Schauspieler. Na ja, egal! Wußte gar nicht, daß in der Bibliothek von Fresnes Kriminal- oder Spionageromane stehen. Hat sich wohl im Zuge des modernen Strafvollzugs geändert. Die Lektüre ist diesem Ferrand zu Kopf gestiegen."

„Und? Gehen Sie hin?"

„Zu der Verabredung?"

„Ja."

„Aber natürlich", sage ich lachend. „Und wenn andere Bekloppte möchten, daß ich als Frau verkleidet zur Poterne des Peupliers gehe, als Priester am Saint-Martin-Kanal entlangspaziere oder im Adamskostüm über die Place de la Concorde, notieren Sie bitte genauestens ihre Anweisungen. Wird mir 'n Vergnügen sein, die Rollen nacheinander zu spielen. Schließlich bin ich ja dazu da, die Leute zu amüsieren, oder?"

* * *

In Wirklichkeit hätte Ferrand an seinem Billardtisch warten können, bis daß Kommißbrot Kuchen würde. Wenn da nicht noch dieser zweite Anruf gekommen wär...

* * *

Es ist kurz nach drei. Ich parke meinen Wagen an der Place Jules-Hénaffe. Dugat 12, ein solides Modell mit einem Kofferraum, in dem man notfalls zwei Leichen auf einmal transportieren kann. Bei meiner besonderen Begabung für derartige Fundsachen ist es besser, wenn ich vorsorge. Nichts Besonderes also, mein Wagen. Gehört zu meiner Arbeitsausrüstung. Wenig geeignet, den verzweifelten armen Seelen zu imponieren, die mich gewöhnlich zu Hilfe rufen. Darum parke ich ihn meistens in einiger Entfernung zur Wohnung meiner Klienten.

Ich lasse meinen Wagen also an dem kleinen Platz stehen. Die „Grünanlage", kahl wie ein Glatzkopf, krepiert daran, immer mehr zu vertrocknen und nicht mit dem nahen Parc Montsouris konkurrieren zu können. Die Sonne knallt auf den Wasserspeicher von Montsouris, dessen grasbewachsene Böschung sich hoch über die Avenue Reille erhebt. Halb Paris wird von hier aus mit Trinkwasser versorgt. Unter dem Kranzgesims des beinahe militärisch scheinenden Kunstwerks springt das Baujahr ins Auge:

1888.

Ein ziemlich großer Mann in weißem Kittel geht auf halber Höhe der Pseudo-Zitadelle den Rundgang entlang. Parallel zu ihm, etwa fünfzehn Meter weiter unten, auf der Avenue Reille, begleite ich ihn, ohne daß ich von ihm oder er von mir weiß. Plötzlich verschwindet er in einer Tür, die ins Innere der feuchten Gänge führt. Ich gehe am Gitterzaun des Parks entlang die Rue Nansouty hoch, Richtung Boulevard Jourdan und Universitätsgebäude. Hab in der Rue du Douanier zu tun (nicht Douanier Rousseau, ganz einfach nur Douanier). Die Villa erkenne ich sofort unter den vielen hübschen Häusern, von denen Paris in dieser Gegend 'ne Menge zu bieten hat. Moderne Gebäude mit breiten Fenstern oder unauffälligere Pavillons mit selten mehr als einer Etage, mitten im Grünen. Ruhige, angenehme Wohnungen von Künstlern oder Leuten mit Geld.

Das Haus, in das mich die Pflicht ruft, stammt aus den Anfängen unseres Jahrhunderts. Hochparterre, eine Etage. Wozu das Türmchen an der linken Seite gut sein soll, ist nicht ganz klar. Die Fenster sind breit und hoch, vor einem hängt ein Blumenkasten. Blühende Blumen auch in dem kleinen Vorgarten. Dahinter, halb verdeckt von einem Baum, badet eine Frau aus Stein (nackt, wie das so üblich ist) ihre Füße in einem winzigen Brunnen, in dessen Mitte ein Wasserstrahl plätschert.

Auf mein Klingelzeichen hin erscheint ein Dienstmädchen. Sieht nicht besonders schlau aus. Ihre Wangen sind noch immer vom Wind ihres Heimatkaffs gerötet.

„Bin ich hier richtig bei Monsieur Gaudebert?"

„Ja, M'sieur."

„Ich habe mich für halb vier mit ihm verabredet. Hier meine Karte.“

„Ja, M’sieur. Wenn M’sieur mir folgen wollen...“

Sie führt mich in den Salon und meldet mich bei ihrem Herrn an. Der Salon ist geschmackvoll eingerichtet. Ich will mir gerade ein Bild an der Wand genauer ansehen, da höre ich hinter mir ein leises Geräusch. Wie ein Vorhang, der runtergelassen wird. Ich erwarte das Dienstmädchen oder meinen zukünftigen Klienten, drehe mich um... und vor mir steht ein ganz bezauberndes junges Mädchen.

Zwanzig, zweiundzwanzig. Sagen wir dreiundzwanzig, und reden wir nicht mehr drüber. Ziemlich hochgewachsen. Sehr schöne rote Haare. Kurzgeschnitten. Leider. Eine so schöne Haarfarbe. Vielleicht nicht von Natur aus, aber schön. Goldbraune Augen, seltsam glänzend, etwas mandelförmig. Oder täuschend echt geschminkt. Leichte Schatten unter den Augen, was das Gesicht noch interessanter erscheinen läßt. Das regelmäßige Oval kommt allerdings auch ganz gut ohne Schatten zurecht. Eine zarte, sinnliche Nase über einem anmutig geschwungenen Mund. Die junge Frau trägt einen leichten grauen Faltenrock und ein knappes ärmelloses Oberteil, knallweiß, das ihren wohlgeformten Oberkörper betont und die Bräune hervortreten läßt.

Sie sagt nichts, sieht mich nur fragend an. Ich verbeuge mich und stelle mich vor:

„Guten Tag, Mademoiselle. Mein Name ist Nestor Burma. Monsieur Gaudebert erwartet mich. Er hat mich heute morgen in meinem Büro angerufen.“

Sie fährt sich mit ihrer rosigen Zungenspitze über die Lippen. Dann lächelt sie auch noch. Ein charmantes Lächeln, sanft und zärtlich.

„Ach ja, natürlich“, sagt sie. „Nett, Sie kennenzulernen, Monsieur Burma.“

Auch ihre Stimme ist sanft und zärtlich. Die Kleine kommt auf mich zu, streckt mir ihre schmale Hand hin. Die Finger mit den lackierten Nägeln sind weich, kühl wie Morgentau.

In diesem Augenblick kommt das Dienstmädchen zurück.

„Oh, *pardon*, Madame“, sagt sie, als sie uns sieht, mich und das... tja... junge Mädchen? Die junge Frau? Sie hat mich nicht verbessert, als ich sie mit „Mademoiselle“ anredete... Ich seh auf die Hände des weiblichen Wesens. Mehrere Ringe. Vielleicht verbirgt sich der Ehering im Schatten eines größeren. Jedenfalls seh ich keinen.

„Monsieur Gaudebert erwartet Sie, M'sieur“, sagt das Dienstmädchen.

Ich verbeuge mich und geh an dieser hübschen Person vorbei.Im Treppenhaus frage ich:

„War das die Hausherrin?“

„Ja, M'sieur.“

Ich verkneife mir jeden Kommentar. Der Hausherr erwartet mich oben an der Treppe. Ein großer Bursche, kräftig gebaut, sehr würdevoll. Ungefähr sechzig. Vielleicht ein wenig dick, vielleicht ein wenig aufgedunsen. Einen Gesichtsausdruck wie der selige Joseph Caillaux, mit einem ständigen verkrampften Lächeln im rechten Mundwinkel. Die gleiche Glatze wie der Senator der Sarthe, und die buschigen Augenbrauen von Clemenceau, um in der Politik zu bleiben. Ein kalter Blick, durchdringend, sehr ungemütlich. Weiße, fette Bischofshände; allerdings mit ungepflegten Fingernägeln. Schwarze Schuhe, Nadelstreifenhose wie zur Preisverleihung, graue Hausjacke aus Alpakawolle.

Monsieur Gaudebert geht mir voraus in ein Büro mit Blick auf den Parc Montsouris. Wir setzen uns, und er legt sofort los:

„Ich habe nur Gutes über Sie gehört, Monsieur Burma. Unsere Berufe hätten uns vielleicht früher zusammenführen können. Aber ich habe schon vor einiger Zeit meinen Rücktritt eingereicht.“

„Hm...“

„Mein Name sagt ihnen nichts. Das ist auch nicht so wichtig. Für das, worum ich Sie bitte, brauche ich ihnen schließlich nicht mein ganzes Leben zu erzählen. Nur soviel: jemand will mich erpressen, und Sie, Monsieur, sollen das in Ordnung bringen. Ich kenne meinen Erpresser. Ein Strolch. Leider hab ich ihn empfangen, hab mich erweichen lassen..."

Gaudebert lacht bitter.

„Erweichen! Ausgerechnet ich! Man könnte meinen, man ändere sich mit dem Alter. Ich könnte mich genausogut an die Polizei wenden, aber..."

„... Sie tun es nicht."

„Nur keine falschen Schlüsse, Monsieur Burma! Ich hab keine Angst vor der Polizei. Nur vor deren Indiskretion. Und die Polizeidienststellen liegen zu dicht am Palais de Justice, wo ich bekannt bin. Ich möchte keinen Skandal..."

Am Palais de Justice? Irgendwas bewegt sich in meinem Unterbewußtsein.

„Nein, keinen Skandal", fährt der Mann fort, der im Palais bekannt ist. „Ich werde so etwas nicht zulassen, komme, was da wolle! Das sollen Sie diesem Erpresser klarmachen. Meine Würde verbietet es mir, auf ihn zuzugehen. Aber Sie können ihm sagen: Sollte er seine Absichten weiterverfolgen, werde ich ihn zertreten wie einen Wurm. Soviel Einfluß hab ich noch. Ich hoffe, er begreift das. Sie werden dann der einzige sein, der von dem Erpressungsversuch weiß. Wenn er es nicht begreift, werde ich meine Beziehungen spielen lassen. Schlimm für mich, aber noch viel schlimmer für ihn."

„Haben Sie Ihre... äh... Beziehungen... äh... im Palais?"

Er lacht kurz auf.

„Ich glaub, so langsam wissen Sie mich einzuordnen..."

Seine Stimme ist leiser geworden, sein Blick glanzlos. „Ich bin nicht mehr derselbe. War im Gefängnis, nach der Befreiung. Dieser kurze Aufenthalt in den Kerkern der IV. Republik hat meine Einstellung ziemlich verändert. Aber... was geschehen ist, ist geschehen. Übrigens ... Ich bereue nichts..."

Plötzlich fällt der Groschen bei mir. Pfennigweise, aber daran ist die Hitze schuld. Ich schnippe mit den Fingern. Und wie ich Monsieur Gaudebert-Caillaux einordnen kann!

„Monsieur Armand Gaudebert. Der Herr Oberstaatsanwalt!"

Er richtet sich etwas auf in seinem Sessel, steif, trocken, unbeugsam wie das Gesetz, dem er so unerbittlich gedient hat.

„Jawohl, Monsieur."

Mir läuft es kalt über den Rücken, trotz der Hitze. Das Büro, in dem ich mich befinde, die Bäume des Parc Montsouris draußen vor den offenen Fenstern, all das ist verschwunden. Ich komme mir vor wie ein Angeklagter zwischen zwei Wachposten, Auge in Auge mit den Zuschauern im Schwurgerichtsaal, diesen Schakalen. Monsieur Gaudebert, Oberstaatsanwalt! Der Mann, der krank wurde, wenn die Köpfe nicht rollten, wie er wollte! Erstaunlich. Monsieur Rübe-ab! Wie der, den Willette schon 1903 in seiner berühmten Zeichnung *Der Große Kuchen* gesehen hatte: ein Richter, der gerade den Kopf eines Mannes auf den Küchentisch wirft, umringt von Frau und Kindern.

„Ich komme spät nach Hause, aber ich habe ihn!" ruft der Familienvater. Man erpreßt ihn? Gut. Er war im Knast? Gut und schön. Nach einer Schrecksekunde finde ich das ganz lustig. Beweist doch nur, daß es so was wie 'ne Gerechtigkeit gibt. Als ihr Diener dürfte er sich eigentlich nicht beklagen. Meine Gedanken sind ihm nicht verborgen geblieben. Er hat noch immer den sicheren Blick seiner großen Zeit.

„Ich weiß nicht, ob ich jetzt noch mit Ihnen rechnen kann, Monsieur Burma. Ich glaube, diese Eröffnung wirkt höchst unerfreulich auf Sie."

„Glauben Sie's nicht! Staatsanwälte sollten nicht alles glauben, glaube ich. Für mich sind Sie ein Klient wie jeder andere."

„Übrigens bin ich inzwischen ungefährlich geworden und..."

„... ins Gefängnis gewandert, ich weiß. Reden wir wieder über ernstere Dinge. Wer will Sie erpressen, und warum?"

„Warum? Das weiß ich nicht. Ganz und gar nicht. Diese

schlechtbezahlten Gesetzesbrecher fangen irgendwo an, klopfen auf den Busch, einfach so, rein zufällig, bohren nach, in der Meinung, Privatpersonen verfahren nach denselben Prinzipien wie bestimmte Banken. Sei verstehen doch, wie ich das meine, oder?"

„Allerdings, Monsieur. Gewisse Großbanken, die sich absolut nichts vorzuwerfen haben, zahlen regelmäßig Bestechungsgelder, nur um sich gegen Verleumdung zu schützen. Das macht den Wohlstand und die Selbstsicherheit bestimmter Erpresser aus."

„Ganz genau. Also, ich weiß nicht, warum – aber ich weiß, wer. Name und Adresse... na ja... so ungefähr..."

„Einer Ihrer ehemaligen Kli... Nein, wirklich! Bin ich blöd! Keiner Ihrer ehemaligen Klienten hat... äh... soviel Köpfchen, um so was einzufädeln."

„Aber er ist vorbestraft. Hier..."

Gaudebert nimmt ein Blatt Papier von der Schreibtischunterlage und reicht es mir.

„Ein gewisser Ferrand", erklärt er. „Das da hab ich heute morgen von ihm bekommen."

Ich muß mich zusammenreißen, um nicht mit der Wimper zu zucken. Wieder läuft es mir kalt über den Rücken. Aber ich sage nichts. Die Buchstaben sind einzeln oder in halben Sätzen aus einer Zeitung ausgeschnitten. Die unmißverständliche Botschaft lautet:

SCHICKEN SIE FÜR MORGEN EIN PÄCKCHEN MIT 250 000 FRANCS IN NICHT NOTIERTEN, NICHT NEUEN TAUSENDFRANCSSCHEINEN AUS UNTERSCHIEDLICHEN SERIEN AUF DEN NAMEN FERRAND POSTLAGERND AN DAS HAUPTPOSTAMT AVENUE GENERAL-LECLERC 14 – 15. ANDERNFALLS WERDE ICH HANDELN.

Ich gebe Monsieur Gaudebert den Kreditwunsch zurück.

„Wenn ich recht verstehe, werden Sie ein Päckchen mit

altem Papier in Tausenderformat losschicken, zusammen mit mir. Getrennte Post, versteht sich. Ich soll dann am Schalter für postlagernde Sendungen stehen und dem Adressaten das sagen, was Sie mir eben gesagt haben."

„Genau. Ihm begreiflich machen, daß es besser für ihn ist, damit aufzuhören. Können Sie das erledigen?"

„Ich kann's ja mal versuchen und mit ihm reden. Solche Kerle reden furchtbar gerne."

Auch wir reden noch über dies und das. Er rückt mit einem beachtlichen Vorschuß raus, und wir trennen uns in gutem Einvernehmen.

* * *

Aus diesem Grund war ich schließlich und endlich doch zur Verabredung mit Ferrand gegangen.

Und aus diesem Grund wartete ich in jener Nacht, an eine Hauswand gelehnt.

3

Die Rote Maus

Eine gute halbe Stunde war vergangen, seit wir uns getrennt hatten. Und zumindest er hatte eventuellen Neugierigen den Eindruck vermittelt, daß er keinen gesteigerten Wert darauf legte, mich wiederzusehen.

Jetzt stand er neben mir an der Häuserecke.

„Und?" fragte ich.

„Nett von Ihnen, mir Ihr Vertrauen zu schenken", erklärte er gedämpft.

Ich hatte ihn genau beobachtet, als er auf der gegenüberliegenden Straßenseite auf mich zugekommen war. Ständig hatte er sich umgeblickt; offenbar fürchtete er, daß ihm jemand gefolgt war.

Und jetzt stand er neben mir und rieb sich die Hände. Mehr vor Nervosität als vor Zufriedenheit, nahm ich an. Die heftige Bewegung brachte seine Jacke, die er wie ein Torero lässig über die Schulter geworfen hatte, aus dem Gleichgewicht. Mehrmals mußte er sie wieder in Stellung bringen. Sah aus wie'n Veitstanz.

„Doch, wirklich, sehr nett von Ihnen."

„War mir ein Vergnügen", antwortete ich. „Hab mich lange nicht mehr verkleidet, und im Moment hab ich viel Zeit..."

Er musterte mich und lächelte.

„Wirklich, haargenau getroffen. Sie sehen aus, als würden Sie auf dem letzten Loch pfeifen. Sie haben 'ne große Zukunft vor sich, beim Theater."

„Du auch. Als Regisseur."

Sein Lächeln rückte noch einen Zahn weiter nach hinten.

„Tja, das Ganze muß Ihnen ziemlich bescheuert vorkommen."

„Nicht mehr, als würde Martine Carol um meine Hand anhalten."

Das Lächeln kehrte zur Ausgangsstellung zurück.

„Das ist alles 'ne einzige Komödie, stimmt schon", murmelte er.

Mit einer ausholenden Geste schickte er so einiges zum Teufel. Vor allem seine Jacke. Er hob sie fluchend auf und zog sie endlich vernünftig an.

„Aber nötig", fuhr er fort. Meinte wahrscheinlich die Komödie. „Wissen Sie, bei mir muß alles wie am Schnürchen laufen. Sonst läuft gar nichts."

„Worum geht's denn eigentlich?" wollte ich endlich mal wissen.

„Werd Sie später einweihen. Auf jeden Fall was Sauberes. Geh'n wir 'ne Runde..."

Wir bogen in die Rue d'Alésia ein. Nach ein paar Schritten sprudelte er los, immer noch mit gedämpfter Stimme. Ich konnte ihn nur mit Mühe verstehen.

„Zuerst muß man wissen, was man voneinander zu halten hat", sagte er. „Ganz wichtig. Deshalb hab ich diesen Zirkus veranstaltet. Das war kein fauler Zauber. Können Sie mir glauben! Sie sind zu der Verabredung gekommen, und zwar so, wie ich's Ihnen gesagt habe. Damit habe ich den Beweis, daß Sie mir vertrauen. Schön! Werd Sie einweihen können. Aber ich bin vorsichtig, 'n komischer Kauz, wenn Sie so wollen. Zwischen uns soll alles korrekt laufen, sauber und offen. Der Einsatz ist hoch. Ohne Ihre Hilfe geht mir das Ding durch die Lappen. Ich will Sie nicht bescheißen, aber auch nicht von Ihnen beschissen werden. Aber ich glaube, ich kann Ihnen vertrauen. Damit Sie mich nicht für verrückt erklären und... äh... Ich kenne Sie, Burma..."

„Saubert", verbesserte ich.

„Saubert, ach ja..."

Er biß sich auf die Lippen und warf einen ängstlichen Blick

um sich. Kein Schwein auf der schnurgeraden Straße. Die Neonlampen in den Zweigen der Platanen warfen blaue Lichtflecken zwischen die Schatten der Blätter. An der nächsten Kreuzung wechselte die Ampel von Rot auf Grün und von Grün auf Rot, so wie sie's gelernt hatte. Egal, ob auf der Straße Verkehr herrschte oder nicht.

„Saubert, ja", wiederholte Ferrand. „Im Augenblick ist es besser, wenn ich Sie so nenne."

„Ein achtbarer Name", sagte ich lächelnd. „So heißt mein Sachbearbeiter beim Finanzamt."

„Hm... Also, Saubert, ich kenne Sie. Sie sind korrekt und gewissenhaft. Wie ich. Wenn ich vor Ihnen die Hüllen fallen lasse, werden Sie mir nicht den Teufel auf den Hals schicken ..."

Er blieb stehen.

„... Ich lasse jetzt die Hüllen fallen..."

„Aber doch nicht hier!" rief ich erschrocken. „Da kommt jemand. Wofür soll der uns halten?"

Der kleine Scherz ließ ihn zu einem Eisblock erstarren. Genau das Richtige bei diesen Temperaturen.

„Sie haben recht. Nicht hier", zischte er. „Gehen wir zu mir. Sie sollen alles von mir wissen."

„Gehört das auch zum Drehbuch?"

„Ja."

„Wie viele hat es?"

„Wie viele was?"

„Teile."

„Wenigstens vier."

Er nahm die Finger zu Hilfe.

„Teil 1: Die zufällige Begegnung im Bistro... Teil 2: Sie warten auf der Straße auf mich, um mich anzupumpen... Teil 3: Ich nehm Sie mit zu mir nach Hause, um Ihnen ein Paar Schuhe abzutreten..."

Seine Stimme wurde noch einen Ton leiser. Nur noch ein Murmeln.

„... Wenn man uns also zusammen sieht, ist das kein Problem. Man hält Sie für einen Schnorrer, den ich nicht abschütteln kann."

Saubere Arbeit!

„Wer ist ‚man'?" fragte ich.

„Andere Leute."

Er ging weiter auf dem hell und dunkel gesprenkelten Bürgersteig. Es roch gut nach überhitztem Asphalt. Die Häuserwände waren noch warm von der Sonne.

„Leute, von denen du was befürchtest?" fragte ich weiter.

Er zögerte einen Moment.

„Leute eben... die nichts davon zu wissen brauchen."

Ich streckte ihm nacheinander Daumen, Zeige- und Mittelfinger hin, so als wollte ich mit ihm Mora spielen.

„Eins, zwei, drei. Und wo bleibt der vierte Teil?"

„Der kommt später."

Ich zuckte die Achseln.

„Du kannst von Glück sagen, daß ich ein umgänglicher Mensch bin. Meinst du nicht, daß ein anderer dich schon längst zum Teufel gejagt hätte?"

„Deswegen hab ich mich ja auch an Sie gewandt", sagte er würdevoll. „Es mußte jemand Außergewöhnliches sein, ein zäher Bursche. So einer wie Sie."

Ich verbeugte mich.

„Fühl mich sehr geschmeichelt. Hat aber nichts zu sagen. Wer von uns beiden ist eigentlich bescheuerter? Ich gehorche wie'n Doofmann, und du machst alles so kompliziert wie möglich. Verdammt nochmal! Ich weiß 'ne ganz einfache Methode, mich in das so geheimnisvolle Geheimnis einzuweihen! Völlig ungefährlich. Du hättest zu mir ins Büro kommen und dort die Hüllen fallen lassen können, wie du so schön sagst."

Hélène wäre begeistert gewesen!

„Eben nicht! Ich sag's noch mal: Ich mußte wissen, ob ich Ihnen vertrauen kann. Und ich wollte Ihnen beweisen, wie sehr ich Ihnen vertraue... Damit das klar ist, mein Lieber: das Ding bringt mehr als zehn Riesen!"

„Viel mehr?“
„Sehr viel mehr.“
„Wieviel mehr?“
„Ein paar Millionen.“
Ich spitzte die Ohren. Bis jetzt hatte ich gedacht, er wollte mir den Erpressungscoup mit dem Ex-Oberstaatsanwalt verklickern. Aber bei dem konnte man beim besten Willen keine mehrere Millionen absahnen.
„Im Ernst?“
„Ehrenwort.“
„Hast du nicht was von ’ner sauberen Sache gesagt?“
„So sauber wie...“
Ich seufzte.
„Ja, ja, schon gut. Kommst du grade aus Fresnes oder aus Sainte-Anne?“
„Fresnes.“
Lachend fügte er hinzu:
„Aber vielleicht wird’s ja mal Sainte-Anne!“
Ich stimmte in sein Lachen ein.
„Klar, wenn du so weitermachst! Kann schneller kommen, als es dir lieb ist. Na ja... Gehen wir erst mal zu dir. Immerhin, für’n paar Millionen, hm? Dafür kann man schon mal ’n paar Meter gehen. Ist es weit?“
„Rue Blottière.“
Er ballte die Fäuste, räusperte sich und spuckte auf den Boden.
„Ein beschissenes Viertel in der beschissensten Bruchbude der beschissenen Straße“, fauchte er. „Das einzige Saubere sind die Wanzen. Blank wie Marienkäfer.“
Hoffentlich waren sie nicht auch genauso groß!

* * *

Zum letzten Mal hatte ich 1938 was über die Rue Blottière gehört. Damals wurden dort drei Portionen Fleisch entdeckt, die allerdings nicht mehr zum Verzehr geeignet waren. Der freundliche Dr. Paul in seinem schmucken gerichtsmedizinischen Institut identifizierte die Stücke als Rumpf, rechten Arm und linken Oberschenkel einer alten Dame, die ihren Kopf verloren hatte. Früher war diese Gegend maßgeschneidert für derartige Sezierkünste am menschlichen Objekt. Seitdem ist es etwas besser geworden. Jedenfalls in diesem Viertel. Aber hier und da waren noch die Spuren der früheren Folklore zu sehen. Zum Beispiel das Haus, in dem Ferrand wohnte. Es hielt das, was der angewiderte Mieter versprochen hatte.

Zwei niedrige Etagen, in tiefem Schlaf versunken oder in träger Erwartung undurchsichtiger Dinge, eine zerfressene Fassade, davor eine Baustelle nach Feierabend, dahinter die Schienen des Güterbahnhofs: eine Bruchbude, die sich neben anderen Gesetzen über die der Statik lustig machte. Trotz der geteerten Strebebögen schien es dem leisesten Windstoß kaum was entgegenzusetzen zu haben. Zwischen den Bohlen und dem unteren Teil der Mauer wucherte Gestrüpp, wie man es überall auf unbebautem Gelände findet. Ewig staubiges Grünzeug, unerträglich für Nase und Auge.

Vor der Tür dieser Bruchbude hielt eine Gaslaterne blinde Wache. Eine jener echten Gaslaternen, die vom Aussterben bedroht sind. Man wundert sich immer, daß keine Leiche an ihnen baumelt.

Wir betraten den Hausflur. Ein widerlich muffiger Geruch nahm mir den Atem. So unwahrscheinlich es auch klingen mag: diese Wanzenhütte hatte Elektrizität! Der Fortschritt läßt sich nicht aufhalten. Ferrand drückte auf den Knopf für das Minutenlicht. Eine schwache Birne warf schummriges Licht in das Treppenhaus. Grade mal genug, um die erste Stufe zu finden und der Bananenschale auszuweichen, die dort vor sich hin faulte. Besser als nichts.

„Gehn wir rauf", sagte mein tätowierter Bekannter jetzt etwas lauter. „Ich geb dir die Latschen, und dann hoff ich, daß du Leine ziehst. Auch wenn wir zusammen in Gefangenschaft waren ..."

Ich hüllte mich in Schweigen. Schließlich war er der Star des

Abends, nicht ich. Und außer der Sprechprobe eben im Bistro kannte ich meinen Text überhaupt nicht.

Wir gingen also nach oben.

Das wacklige Treppengeländer klebte vor Dreck. Die Stufen waren eigentlich keine Stufen, sondern Regalbretter. Wie bei 'ner modernen Kunstausstellung. Überall lag irgendwelcher Kram: Zigarettenkippen, abgebrannte Streichhölzer, zerknüllte Zigarettenschachteln. Obszöne Schmierereien verzierten die gelbgrüngestrichenen Wände. Ein hübsches Haus, sehr einladend. Hier wohnten offensichtlich nur abgewrackte Ganoven (wie zum Beispiel Ferrand) oder sonstiger Abschaum. Konnte mir lebhaft vorstellen, daß er hier weg wollte. Was ich mir aber nicht vorstellen konnte, war, daß eine Frau, auch die heruntergekommenste, hier wohnen mochte. Aber ich täuschte mich. Auf dem schmalen Treppenabsatz in der ersten Etage begegnete uns eine Rothaarige. Schon die zweite heute. War wohl mein Tag. Ich hätte das Horoskop im *France-Soir* lesen sollen. Vielleicht stand da was Entsprechendes in der Spalte *Liebe, Bekanntschaften.*

Sie schwankte aus einem dunklen Zimmer, in der Hand eine leere Literflasche. Sah so aus, als wollte sie für Nachschub sorgen. In ihrem Mund glimmte eine Zigarette. Als sie uns sah, drückte sie sich gegen die Wand.

Ich gab ihr dreißig Jahre, mehr nicht. Ihre kupferroten Haare schrien dringend nach einem Kamm, waren aber auch so sehr schön und einigermaßen gepflegt. Damit meine ich, daß vor nicht allzu langer Zeit ein Friseur seine Hände im Spiel gehabt hatte.

Jetzt aber fielen sie ihr unordentlich auf die Schulter, außer einer Strähne, die über einem Auge hing. Das andere Auge sah angetrunken auf das Elend um sich herum. Die Frau war mittelgroß, hatte eine zarte, sinnliche Nase, schön geformte, genießerische Lippen. Wahrscheinlich ein sehr hübsches Gesicht, wenn man sich die Spuren des Alkohols wegdachte. Aber lange würde es dem Raubbau nicht mehr standhalten.

Mich überkam plötzlich ein unwirkliches Gefühl angesichts dieser jungen Frau. An diesem Ort hatte ich etwas anderes erwartet. Sicher, sie hatte schon mal bessere Tage gesehen. Aber eine richtige Nutte war sie auch nicht. Irgendetwas stimmte nicht mit ihr. Ich hätte nicht sagen können, was es war. Vielleicht der letzte Rest Eleganz. Ein ganz kleiner Rest, winzig, zerbrechlich wie ein Liebesschwur. Ich hatte das seltsame Gefühl – wie im Traum –, eine Erscheinung vor mir zu haben, ein Gespenst, das sich im Schloß geirrt hatte. Und dann war da noch was anderes. Unweigerlich mußte ich an die andere Rote denken, die Kleine in der Rue du Douanier. Kleine ist gut. Die Gattin – oder so was Ähnliches – von Monsieur Gaudebert. Nachdenklich schüttelte ich den Kopf. Irgendetwas stimmte hier nicht.

Sie trug einen roten Morgenmantel, schmierig, ausgefranst, zusammengehalten von irgendeiner Schnur. Die Füße steckten in alten Latschen. Sehr gemütlich. Eine kleine, feste Brust sah vorwitzig durch die Öffnung des Mantels. Auch sie gehörte nicht zu denen, die ich hier in dieser Baracke erwartet hätte. Das Modell, das hier hingehörte, wäre weich und schlaff gewesen, Typ Tabaksbeutel.

Die Frau lallte unverständliches Zeug und versuchte, ihre Toilette in Ordnung zu bringen. Das machte sie so ungeschickt, daß die Schnur auf den Boden fiel. So konnte ich feststellen, daß die Rothaarige außer einem Paar heruntergerutschter Nylonstrümpfe kein überflüssiges Kleidungsstück trug. Gut zu verstehen, bei diesen Temperaturen! Sie stieß einen gepfefferten Fluch aus (von wegen Eleganz!) und hob die Schnur wieder auf, wobei sie beinahe lang hinfiel. Dann brachte sie Ordnung in das Durcheinander, so gut es ging, drehte sich um und verschwand wieder im Zimmer. Die Tür krachte ins Schloß, daß man Angst um das Haus haben mußte. Sekunden später hörte ich, wie Glas zersplitterte. Die Flasche war ihr wohl aus der Hand gerutscht.

4

Die Ratte von Montsouris

Ferrand hauste in derselben Etage. Ich folgte ihm in seine Bude. Er drehte den Lichtschalter. Eine nackte Glühbirne tauchte das Zimmer in ein blasses, ebenso schwindsüchtiges Licht wie im Hausflur. Das Richtige für Wanzen mit empfindlichen Äuglein.

„Was war das für 'ne Frau auf der Treppe?“ fragte ich.

Ferrand schloß von innen ab und zog einen mottenzerfressenen Vorhang vor die Tür.

„Keine Ahnung“, murmelte er.

Ich beobachtete ihn.

„Komisch“, bemerkte ich. „Sieht ziemlich verkommen aus, abgerissen... jedenfalls die wenige Kleidung, die ich eben gesehen habe... und völlig blau. Trotzdem hat man das Gefühl sie gehört nicht hier hin.“

„Tja“, brummte Ferrand. „Und ich? Meinen Sie, ich gehöre hier hin?“

Er machte eine weitausholende Bewegung. Ich antwortete nicht. Hatte schon Klos gesehen, die größer waren als dieses Loch. Toilettentisch, Eisenbett, wackliger Stuhl: mehr paßte nicht rein. Das Richtige für Leute mit Platzangst.

Ferrand schloß das Fenster, das auf die Eisenbahnschienen hinausging. Das donnernde Rollen eines Güterzuges, der die Nacht für sich allein beanspruchte, wurde etwas leiser. Ein Nachtfalter flog wie besinnungslos gegen die nackte Glühbirne.

„Aber das hier wird bald ein Ende haben“, fuhr Ferrand fort. Er pflanzte sich vor mir auf. Seine Augen glänzten: „Ich bin auf was gestoßen.“

„Etwas, was Glück bringt?“ fragte ich lächelnd.

„Hab Ihnen doch von mehreren Millionen erzählt. Haben Sie’s vergessen?“

„Ach, weißt du! So was hör ich so oft... Und ich warte immer noch darauf, daß du mit Einzelheiten rausrückst.“

„Sofort! Setzen Sie sich.“

Er als Gastgeber setzte sich aufs Bett. Vorsichtig zog ich den Stuhl zu mir ran und setzte mich. Er hielt mehr aus, als ich gedacht hatte.

„Und?“

Das Zimmer war klein, und die Möbel standen so ungünstig, daß unsere Nasen sich beinahe berührten. Wir bliesen uns unseren Atem ins Gesicht.

„Haben Sie mal was von den Ratten von Montsouris gehört?“ fragte mein Gastgeber.

„Mein Freund Marc Covet hat sie so getauft, im *Crépuscule*“, sagte ich, „Einbrecher, die sich hauptsächlich hier im Viertel betätigen, stimmt’s? Avenue du Parc-de-Montsouris, Rue de la Tombe-Issoire...“

„Usw. usw. Ja. Nun...“

Er stieß sich mit seinem spitzen Daumen gegen seine eingefallene Brust.

„Ich bin einer von denen.“

„Ach, wirklich? Und warum erzählst du mir das?“

„Um Ihr Vertrauen zu gewinnen.“

„Hm... Willst du die Jungs hochgehen lassen?“

Er protestierte heftig und fuchtelte mir mit der knochigen Hand vor dem Gesicht rum.

„Wofür halten Sie mich?“ zischte er entrüstet. „So einer bin ich nicht. Nicht daß mir die Brüder zuviel bedeuten... Ganz im Gegenteil. Aber so was ist nicht meine Sache.“

Er zog die Jacke aus und legte sie neben sich auf die Bettdecke. Dann wischte er sich mit einem schmierigen Taschentuch über die Stirn. Seine Nervosität wuchs. Er fing wieder an, sich die Hände zu reiben. Ich mußte mir ebenfalls den

Schweiß von der Stirn wischen. Kackheiß war es in diesem Karnickelstall.

„Ja, das ist aus mir geworden", seufzte Ferrand. „Ein alberner Einbrecher! Ich arme Sau! Dabei war ich immer wie aus dem Ei gepellt. Erinnern Sie sich noch, hm? Hatte Geld wie Heu, mit meinen beiden Weibern. Und jetzt..."

Er spuckte auf den Boden. Traf genau die Stelle, die noch frei war.

„Tja, mein Lieber", fuhr er fort, „hab zehn Jahre in Fresnes gesessen. Erst vor kurzem bin ich rausgekommen. Und da mußte ich feststellen... Sehen Sie, ich bin verarscht worden. Die beiden Huren hatten sich verpißt. Und dann..."

Er sah mich an wie ein geprügelter Hund.

„Sie haben doch sicher schon von der Solidarität im Milieu gehört, oder? Wo Sie doch Freunde bei den Journalisten haben..."

Ich lächelte, sagte aber nichts.

„Sie verstehen schon", sagte er. „Die Solidarität, alles Quatsch!"

Er legte den Kopf in den Nacken und sah zur Decke, um sie als Zeuge anzurufen für die Undankbarkeit unter den Menschen. Der Nachtfalter schwirrte immer noch wie bekloppt gegen die Glühbirne.

„Eine schöne Scheiße", fluchte Ferrand. „Das Milieu hat mich ohne weiteres fallengelassen, als ich aus dem Knast kam. Hatte noch Glück, daß ich auf so einen armen Schlucker gestoßen bin. Spezialisiert auf Einbruch. Ohne den könnte ich mich einäschern lassen."

„Und der Einbrecherkönig..."

„... ist einer von diesen berühmten Ratten, wie Ihr Journalist sie genannt hat."

„Und seitdem bist du Einbrecher?"

„Ja."

„Viel bringt das sicher nicht ein."

„Kann man nicht sagen, verdammt."

„Wie viele seid ihr in der Bande?"

Wieder fuchtelte er mit dem Zeigefinger.

„Nein, mein Lieber! Um die geht's nicht."

„Ja, worum geht's denn dann? Verdammt nochmal! Wenn ich die Frage noch oft wiederhole, komm ich mir vor wie Marschall Foch. Fehlt mir nur noch der Stab."

Ferrand kam noch näher.

„Ein ganz heißes Ding", flüsterte er. „Da will ich die Hornochsen von Montsouris nicht dabeihaben. Die stören nur. Sie dagegen, Saubert..."

„Ich dagegen..."

„Sie sind dafür genau der Richtige!"

„Davon bin ich überzeugt", sagte ich lachend. „Ich schlage alle Geheimnisse k.o. Und hier schein ich ja bestens bedient zu werden. Mit Geheimnissen."

„Ich sag noch mal: das ist 'ne ganz heiße Sache... So, jetzt wissen Sie alles."

Ich brauste auf:

„Was? Willst du mich verarschen? Hab ich richtig gehört? Ich weiß alles, hm? Also wirklich, du bist überhaupt nicht kompliziert."

„Über mich wissen Sie alles. So meinte ich das. Hören Sie..."

Er flehte mich beinahe an.

„... Ich darf mich gar nicht in Paris aufhalten. Sie wissen, wo und wovon ich lebe. Wenn sie wollen, können Sie mich verpfeifen. Ich hab Wert darauf gelegt, Ihnen einen Vertrauensbeweis zu liefern. Einen besseren gibt es nicht, oder? Also, seien Sie nett und haben Sie Geduld. Für den Augenblick muß das genügen. Werd Ihnen schon alles erklären... später... deswegen hab ich Sie ja angerufen... Aber nicht hier. Hab meine Gründe dafür. Sehen Sie mich nicht so zweifelnd an, verdammt! Ich bin nicht bekloppt. Also, ich ruf Sie an. Spätestens morgen."

„Um eine neue Verabredung zu treffen?"

„Äh..."

„Und wenn ich keine Lust mehr hab zu kommen?"

„Ich komme zu Ihnen."
„Hättest du auch sofort machen können. Wär einfacher gewesen für alle Beteiligten."
„Ich wollte Ihr Vertrauen gewinnen."
Wie der Ministerpräsident!
„Weiß nicht, ob dir das gelungen ist."
Er zuckte die Achseln.
„Wär schlimm für mich. Aber Sie wissen nicht, was Ihnen entgehen würde. Ein sauberer Schnitt bei 'ner sauberen Sache!"
„Doch, doch. Mehrere Millionen."
„Genau."
„Also, jetzt reicht's", beendete ich das Geplänkel. „Die besten Witze sind die kürzesten. Aber den hier kann sich die Königin von England als Abendkleid anziehen!"
Ich stand auf. Sollte ich ihm erzählen, daß ich von der Erpressung wußte? Wegen dieser Sache hatte er mich bestimmt nicht hierhergelockt. Bei seinen krampfhaften Bemühungen, sich selbst aus der Scheiße zu ziehen, hatte er sicher mehrere Eisen im Feuer. Heiße Eisen, versteht sich. Wenn er wüßte, daß ich was wußte, würde er wohl kaum mehr verraten. Besser, ich wartete ab.
„Also, ich geh jetzt", sagte ich.
Er bückte sich und zog einen vergammelten Karton unter der Flohkiste hervor.
„Nehmen Sie die Latschen mit", sagte er.
„Ach ja, das Alibi! Du machst mir Spaß. Hinterher fehlen sie dir. Aber gut, du hast es so gewollt."
Ich klemmte mir den Karton unter den Arm.
„Salut."
„Salut", erwiderte er.
Er brachte mich zur Tür. War ja nicht weit. Er drückte auf den Knopf fürs Minutenlicht. Wir gaben uns schweigend die Hand, und ich machte mich aus dem Staub.

* * *

Im Treppenhaus traf ich keine Menschenseele. Eine beeindruckende Ruhe herrschte im ganzen Haus. Oder es schien mir nur so.

Draußen das gleiche Bild. Der Mond stand käsegelb am Himmel und schickte sein giftiges Licht auf die Szenerie.

Ich überquerte die Straße. Auf der anderen Seite drückte ich mich in den Schatten und beobachtete die Fassade der Bruchbude. Dahinter hausten unter anderem eine hübsche, aber besoffene Frau, die bestimmt so einige Wünsche erfüllen konnte, und ein vorbestrafter Einbrecher, der so einiges zu wünschen übrigließ.

Meine Beobachtung führte zu nichts. Nur ein beruflicher Reflex, nichts weiter. Automatisch, ohne Bedeutung. Das Minutenlicht im Flur ging wieder aus, und ich ging nach Hause, an einen gemütlicheren Ort. In mein Badezimmer, zum Beispiel.

Nach ein paar Metern öffnete ich den Schuhkarton. Eigentlich hatte ich etwas anderes erwartet als ausgelatschte Schuhe. Aber von wegen! Ich schleppte tatsächlich die Gurken des edlen Spenders mit mir rum. Man konnte sie sogar noch tragen. Wollte ich aber nicht. Also nahm ich mir vor, sie über den nächsten Bretterzaun zu werfen.

Da sah ich zwei Beine, die aus einer Häusernische ragten.

Ich trat näher.

Nein, das war keine Leiche. Nur ein sturzbesoffener Clochard. Eine leere Literflasche war in den Rinnstein gerollt. Eine zweite hielt der Clochard an seine Brust gedrückt. Halbnackt, die Hose unkeusch offen, Jacke und Mantel als Kopfkissen zu einem Knäuel gerollt. Der Kopf allerdings lag daneben. So schlief der Clochard, wie ein Tier. Ferrands Schuhe waren im Vergleich zu seinen der reinste Luxus. Ich schenkte sie dem armen Kerl.

Zufrieden mit mir, ging ich weiter.

Bei Ferrand hatte ich absichtlich nicht geraucht. In dieser Stinkbude konnte man sowieso schon kaum atmen. Jetzt zog ich meine Pfeife aus der Tasche, stopfte sie, zündete sie an…

und kehrte wieder um. Ganz langsam. In aller Ruhe. Ohne bestimmtes Ziel. Oder hatte ich Sehnsucht nach meinem Bekannten? Oder nach der Rothaarigen? Schon eher.

Ich befand mich wieder ganz in der Nähe des Hauses. Da zerriß ein Schrei die Stille der Nacht.

5

Rot ist Trumpf

An den nahen Bahngleisen rangierte eine kurzatmige Lokomotive. Sie spuckte weißen Rauch, der sich in den nächtlichen Himmel schraubte, Richtung Mond. Zischend dampfte die Lokomotive ab. Dann war es wieder still. Kein weiterer Schrei. Kein Fensterladen, der geöffnet wurde. Kein Neugieriger zeigte sich an keinem Fenster keines Hauses.

Kein Zweifel: Der Schrei war aus der Bruchbude gekommen, in der auch Ferrand hauste.

Ich klopfte meine Pfeife aus, steckte sie wieder in die Tasche und stürmte ins Haus. Den Gestank kannte ich inzwischen. Ich nahm mir nicht die Zeit, den Lichtschalter zu suchen. Orientierte mich an dem schmierigen Geländer und rannte nach oben, zwei, drei Stufen auf einmal nehmend.

Ich kam nicht weit. Da war etwas in der Dunkelheit. Unbeweglich. Totenstill, zur Abwechslung. Ich stieß dagegen, versuchte instinktiv, es zu packen. Der Versuch wurde durch einen harten Schlag beendet. Wahrscheinlich aufs Geratewohl ausgeteilt, aber ich stand goldrichtig. Ich verlor das Gleichgewicht, rutschte die Treppe runter. Ich versuchte, wie eine Katze zu landen, um meinem Kopf das Schlimmste zu ersparen. Leider bin ich keine Katze. Jemand stürzte an mir vorbei. Hörte sich an wie Flügelschlagen. Ich ließ ihn stürzen, benommen wie ich war.

Dann versuchte ich fluchend, wieder auf die Beine zu kommen.

In meiner Hand spürte ich noch eine eiskalte Brust, klein und fest. Hatte sie im Vorbeigehen zu fassen gekriegt. Die

Brust war in diesem Haus weder jetzt noch vorher am rechten Ort.

Ich riß ein Streichholz an. Die Brust hatte sich mit allem, was dazugehörte, aus dem Staub gemacht. Ich war mutterseelenallein mit meinem Schwindelgefühl, dem Dreck, der auf den Stufen lag (ein Latschen hatte sich noch dazugesellt), und den Schmierereien an der Wand. Ach ja: und der Stille. Vor allem diese dichte, lastende Stille.

Ein sehr amüsantes Haus. Jeder für sich und Gott für uns alle! Ohren gespitzt, aber Mund und Türen geschlossen.

Ich ging wieder nach oben. Zweiter Versuch. Tastend, mucksmäuschenstill, so wie alle hier. Vor Ferrands Tür horchte ich. Stille, Hitze. Dazu der Gestank. Ich lehnte mich gegen die Tür. Sie ließ sich mühelos aufschieben. Nur die rostigen Angeln quietschten. Ich suchte den Lichtschalter, fand ihn und machte Licht. Der Nachtfalter nahm wieder seinen kopflosen Kampf gegen das fahle Licht auf. Er schien gewachsen zu sein. Die Schatten, die er warf, waren riesig, phantastisch. Sie strichen über das kantige Gesicht der Ratte von Montsouris. Verliehen ihm so was wie Leben. So was Ähnliches. Zu mehr reichte es nicht mehr.

Ich bin auf was gestoßen…

Etwas, was Glück bringt…

Ja, Scheiße, verdammte!

Er lag mehr oder weniger friedlich auf dem Rücken, parallel zum Bett, die Füße am Kopf-, den Kopf am Fußende. Um ein Haar hätte sein Kopf ein paar Meter weiter weg gelegen. Der Rasiermesserschnitt hatte ihn fast vom Rumpf getrennt. Ein Meisterstück. Erinnerte mich an die Kolonialzeit. Überall Blut. Der süßlich fade Geruch fing an, alle anderen Duftnoten zu übertreffen.

An der Glühlampe knisterte es. Der Falter hatte sich zu weit vorgewagt. Er fiel mit seinen verbrannten Flügeln in die klaffende Wunde an der Kehle des Toten, zuckte noch ein paar Sekunden – wie ein Vampir, der sich an der Quelle des Lebens labt – und krepierte dann wie sein Wirt.

Plötzlich schoß es mir durch den Kopf, daß ich gute Chancen hatte, die beiden auf ihrem Weg zu begleiten. Sofort legte ich die Hand auf meine Kanone – besser gesagt, auf die Stelle, wo ich sie normalerweise trage. Ach ja, richtig! Ich war ohne Waffe gekommen. Ich spürte die Dunkelheit des Hausflures in meinem Nacken. Doch als ich mich umdrehte, stand niemand hinter mir. Gott sei Dank! Leise schloß ich die Tür. Dann widmete ich mich noch mal meinem toten Bekannten. Warum, weiß ich heute noch nicht. Vielleicht, um mich zu erholen. Jedenfalls konnte ich nichts mehr für ihn tun, höchstens die Totenmesse singen. Kann ich aber nicht. Ihn zu durchsuchen, war einigermaßen kompliziert. Überall war dieser rote Saft verspritzt. Hemd, Hose, alles schien blutdurchtränkt. Trauerfarbe rot. Die Leichenfledderei wäre sowieso nutzlos gewesen, wie ich plötzlich merkte. War alles schon erledigt. Die Hosentaschen hingen noch raus. Und die Jacke war vom Bett verschwunden.

Am besten, ich machte es genauso wie die Jacke, bevor ich mir einen Schlag auf den Hinterkopf einfing. Vorher wischte ich noch meine Fingerabdrücke von Stuhllehne und Lichtschalter, gleichzeitig löschte ich das Licht.

Im Hausflur wartete keine böse Überraschung auf mich. Auf der Straße folgte mir niemand. Keine Menschenseele. Eigentlich ein harmloses Viertel.

Durch die Passage Bournisien und die Rue Vercingétorix gelangte ich ohne weitere Zwischenfälle in die Avenue du Maine. In der Rue de la Gaieté waren noch zwei oder drei Bistros geöffnet. Am frühen Abend hatte ich hier meinen Wagen geparkt.

Ich klemmte mich hinters Steuer und fuhr nach Hause. Eine gute Idee. Nur hatte ich das Gefühl, den widerlichen Blutgestank mit mir rumzuschleppen.

Ich irrte mich nicht. Zu Hause sah ich, daß meine Jacke blutbeschmiert war. Das gab mir zu denken. In Ferrands Zimmer konnte das nicht passiert sein. Hatte mich in pietätvoller Entfernung gehalten, eben weil ich nicht Rot flaggen wollte. Also…

Also stammte das Blut von dem Morgenmantel der Rothaarigen. Ein Andenken an unsere zweite Begegnung im Treppenhaus. Und wenn das Blut von dem Morgenmantel der Rothaarigen stammte…

Ich kippte eine eiskalte Erfrischung runter, dann schob ich ein Schlafmittel hinterher und legte mich ins Bett. Nackt. Wie die Rothaarige unter ihrem Morgenmantel. Bei diesem Gedanken kam mir noch ein zweiter. Etwas spät! Ich fluchte. Ein richtiger Treppenwitz.

6

Schwätzen und Schweigen.

Kurz vor elf wachte ich auf.

Privatflic mit dem Leichentick, kam mir in den Sinn. Ein schöner Morgengedanke, wie von Arthur Rimbaud.

Die Sonne knallte auf Paris. Heute versprach es genauso heiß zu werden wie gestern. Ich stand auf und versuchte, meinen Kater zu vertreiben. Dann reinigte ich meine Blutjacke, so gut es ging, hängte sie weg, duschte, rasierte mich, zog mich an. Bevor ich mich zur Agentur Fiat Lux begab, steckte ich meinen Revolver ein. Man sollte mich kein zweites Mal ohne erwischen!

„Da sind Sie ja endlich“, rief die schöne Hélène, als ich ins Büro trat. „Fünf Minuten später, und ich hätte Sie angerufen.“

Ich warf meinen Hut in Richtung Kleiderständer. Er landete auf dem Boden. Knapp daneben ist auch daneben.

„Erst mal sagt man bei uns zu Hause ‚Guten Tag‘!“ wies ich meine Sekretärin zurecht.

„Guten Tag.“

„Guten Tag, mein Schatz. Warum wollten Sie mich denn anrufen? Ein Kunde, der's besonders eilig hat?“

„Nein. Wollte nur wissen, wo Sie steckten.“

„Besorgt?“

„Ich wollte nur wissen, wo Sie steckten, mehr nicht.“

Und dabei fuhr sich meine Sekretärin mit der Hand – wie so oft – durch das kastanienbraune Haar.

„Bin spät zu Bett gegangen“, gab ich Auskunft. „Und genau daher komme ich gerade. Hab mich erst vor zehn Minuten rasiert.“

„So genau wollte ich's gar nicht wissen.“

Ich strich mir über die glattrasierten Wangen.

„Aber ich erzähl's Ihnen ganz genau."

„Ja und?"

„Dann eben nicht", seufzte ich achselzuckend. „Als hätte ich Ihnen nie beigebracht, aus den uninteressantesten Bemerkungen interessante Schlüsse zu ziehen. Na ja, macht nichts. Mir gefällt ihr Lippenstift auch nicht. Außerdem färbt er ab."

Plötzlich zuckte ich zusammen und verzog das Gesicht. Eine falsche Bewegung hatte mich schlagartig daran erinnert, daß ich gestern nacht die Treppe runtergeflogen war. Fluchend rieb ich mir die Nierengegend.

„Was ist los?" fragte Hélène. „Rheuma? Na ja, in Ihrem Alter..."

„Hab gestern nacht mit 'ner Rothaarigen gewagte Turnübungen trainiert."

„Mit Madame..."

„Nein, 'ne andere."

„Tatsächlich? Wieviele brauchen Sie denn? Gewagte Turnübungen? In Ihrem Alter, wie gesagt... Man kann Sie aber auch keinen Abend alleinelassen. Ich dachte, Sie hätten sich mit einem gewissen Ferrand verabredet, Gewohnheitshäftling und Gelegenheitserpresser."

Das Fluchen hatte die Schmerzen verscheucht. Ich setzte mich.

„Stimmt. Aber da war noch 'ne Rothaarige."

Hélène zwinkerte mir zu.

„Und hat ihr Rouge auch abgefärbt?"

„Sie wissen gar nicht, wie recht Sie haben!" Ich wurde ernst.

„Aber jetzt mal Schluß mit dem Quatsch! Sie küssen mich ja sowieso nicht... Jawohl, sie hatte was Rotes an sich, das abgefärbt hat. Und wie!"

Ich schwieg 'ne Weile.

„Ferrand ist tot", erklärte ich dann. „Abgestochen wie 'n Schwein."

Hélène bekam große Augen und hielt sich vor Schreck die Hand vor den Mund.

„Großer Gott!“ rief sie kopfschüttelnd. Ihre Haare tanzten um das hübsche Gesicht. „Wie ich schon sagte: Man kann Sie nicht alleinelassen! Sie werden sich nie ändern. Wie ist das denn passiert?“

„Etwas anders als üblich. Wenn ich mich sonst mit einem Todeskandidaten verabrede, ist er tot, wenn ich aufkreuze. Ferrand dagegen wurde hinterher getötet.“

„Und... wissen Sie, von wem?“

„Sie fragen das mit so einem seltsamen Unterton...“

„Tja...“

„Gaudebert, hm? Das denken Sie doch, oder? Aber natürlich, meine Süße. Wird von Ferrand erpreßt. Beauftragt mich, ihm den Kerl durch Angsteinjagen vom Hals zu schaffen. Sagt sich dann: am besten gleich umbringen. Hat ja lange keine Köpfe mehr rollen lassen. Schnappt sich ein Rasiermesser und schreitet zur Tat.“

„Machen Sie sich ruhig lustig über mich“, schmollte Hélène.

„Ja, das entspannt... Hören Sie, Hélène. Dieser Ferrand lebte gefährlich. Wollte sich an den eigenen Haaren aus dem Sumpf ziehen. Verständlich. Er hatte mehrere heiße Eisen im Feuer. An einem hat er sich die Finger verbrannt. Vielleicht ist er von einer Ratte von Montsouris umgebracht worden, vielleicht von einer rothaarigen Schlampe, vielleicht von jemand anderem. Vielleicht wegen der Sache, in die er mich einweihen wollte, vielleicht aber auch nicht. Vielleicht, kann sein. Und jetzt meine aufregende Nacht im einzelnen...“

Als ich zu Ende erzählt hatte, machte Hélène ein langes Gesicht.

„Hm... Mit anderen Worten, Sie wissen immer noch nicht, um welche heiße saubere Sache es ging, bei der mehrere Millionen rausspringen sollten?“

„Leider nicht!“ seufzte ich. „Und wenn ich mich weiterhin so dämlich anstelle wie heute nacht, werd ich's auch nicht erfahren. Kaum zu glauben! Bei dem Sturz auf der Treppe muß ich wohl meinen Verstand verloren haben. Wenn Sie einen Fleischer kennen, der 'n Rindvieh braucht: geben Sie ihm meine Telefonnummer! Ich zähl für zwei. Ach, was sag ich! Für 'ne ganze Herde!"

Ich schlug mit der rechten Faust in die linke Handfläche.

„Herrgott nochmal! Was bin ich für ein Armleuchter!"

„Aber, aber", versuchte Hélène mich zu beruhigen. „Regen Sie sich doch nicht so auf! Ich versteh gar nicht, warum Sie sich wie'n Esel benommen haben sollen..."

„Wie 'n Rindvieh..."

„... Weil Sie abgehaun sind, nachdem Sie den Toten entdeckt hatten? Obwohl in dem Haus offenbar 'ne Menge schräger Vögel wohnen? Heldentum ist 'ne wundervolle Sache. Aber ein toter Held nützt mir gar nichts. Schließlich sind Sie mein Arbeitgeber. Und außerdem, was hätten Sie davon gehabt? Ach ja, die Mannesehre..."

„Wer redet hier von Heldentum und Mannesehre? Ich weiß ganz genau, wann ich den Helden spielen muß und wann nicht. In diesem Fall wußte ich gar nicht, wo die Glocken hingen... Außerdem hatte ich meine Kanone nicht bei mir. Also hab ich mich nicht reingemischt, sondern rausgehalten. Aber es gab 'ne ungefährliche Möglichkeit, mehr zu erfahren. Selbst wenn sie's gewesen wär, die der tätowierten Ratte die Kehle durchgeschnitten hat."

„Sie?"

„Die rote Maus. Rote Haare, roter Morgenmantel. Diese Anfängeridee hätte dem erstbesten Blödmann einfallen müssen. Aber ich bin eben kein Anfänger, und auch nicht der erstbeste Blödmann."

„Was für eine Idee?"

„Sie war nackt unter dem Morgenmantel. Und nach dem Fußtritt, den sie mir verpaßt hatte, fehlte ihr ein Latschen. In dem Aufzug konnte sie nicht weit kommen. Ich hätte sie verfolgen müssen. Der Teufel soll mich holen, wenn ich sie nicht in irgendeiner Ecke aufgestöbert hätte!"

„Wirklich?“ flötete Hélène. „Na ja, weinen Sie nicht! Die Idee ist es nicht wert. Sie haben recht: der Sturz hat Ihnen den Verstand vernebelt. Sie können sich doch vorstellen, wohin sie geflüchtet ist in ihrem Morgenmantel, halb barfuß: ins Nachbarhaus! Weiter bestimmt nicht. Da hätten Sie stundenlang die Häuserecken absuchen können.“

Ich schüttelte den Kopf.

„Würde mich wundern, wenn das Mädchen in der Nachbarschaft untergekommen wär. Ich glaube nach wie vor, daß sie in diesem Loch fehl am Platze war. Sie kommt überhaupt nicht aus dem Viertel!“

„Hm... Sagen Sie mal...“

„Ja?“ ermunterte ich meine Sekretärin.

„Vielleicht geht es hier um Kidnapping... Entführung...“

„Hm...“ brummte jetzt ich. „Machte ’n ziemlich freien Eindruck.“

Ich rieb wieder meine Nierengegend.

„Zumindest die Bewegungsfreiheit ihrer Beine war nicht eingeschränkt“, bemerkte Hélène lächelnd. „Wenn sie aber so gekleidet... oder entkleidet... durch das Quartier de Plaisance gelaufen ist... Sieh an, ein hübscher Name, finden Sie nicht?“

„Werd Ferrand fragen, wenn ich ihn das nächste Mal seh. Wird seine eigene Meinung darüber haben.“

„Wenn sie also halbnackt rumgelaufen ist, werden die Flics sie bestimmt bald einkassiert haben. Ich spring mal schnell runter und hol die neuesten Zeitungen. Vielleicht steht was drin... *Nackt unter einem blutgetränkten Morgenmantel, irrte sie durch die heiße Nacht...* So eine Überschrift lassen sich unsere Freunde von der Presse nicht entgehen, wenn sie was Passendes darunterschreiben können.“

„Darunter? Hm... Darunter waren hübsche Sachen...“

Sie wurde rot, stand auf und rauschte hinaus. Ich blieb alleine mit ihrem Parfüm, meiner Pfeife, meinen Rückenschmerzen und meinen verworrenen Gedanken.

Kurz darauf kam Hélène wieder, im Arm *France-Soir*.

Paris-Presse und *Crépuscule*. ‚*Nackt unter einem* ...‘ wär zweifellos ’ne hübsche Überschrift gewesen, passend für den heißen Sommertag. Nur konnte ich ihn nirgendwo finden. Eine andere gelungene Überschrift: *Mit durchschnittener Kehle wurde ein Unbekannter in einem Abbruchhaus im 14. Arrondissement entdeckt.* Aber auch die schmückte keins der drei Blätter.

„Hm...“ brummte ich, wie so oft heute morgen. „Komisch, komisch... Finden Sie nicht, Hélène?“

„Wieso komisch?“ fragte meine Sekretärin triumphierend. „Ich hab also recht: Die Frau ist in der Nachbarschaft untergetaucht. Und was die Leiche angeht... Manchmal werden sie eben nicht sofort gefunden. Ich weiß nicht, was daran so komisch sein soll.“

„Tja...“

Ich schnappte mir das Telefon, wählte die Nummer des *Crépuscule* und ließ mich mit Marc Covet verbinden, dem trink- und klatschfreudigen Journalisten. Nach dem üblichen Blabla fragte ich:

„Keine Meldung über eine Frau, die nackt oder so gut wie durch Paris gerannt ist, letzte Nacht?“

„Ist Ihnen eine weggelaufen?“ fragte mein Freund lachend zurück.

„So kann man’s auch sagen.“

„Blond?“

„Rot.“

„Um so besser. Feuer im...“

„Ja, ja, schon gut. Nichts dabei?“

„Nein. So was wär mir aufgefallen, mitten im Sommerloch. Aber sagen Sie... Ist was im Busch?“

„Vielleicht.“

„Fällt was für mich dabei ab?“

„Wie immer. Aber Sie müssen was dafür tun...“

„Mein Bestes, wie immer. Wann und wo?“

„Letzte Nacht. Quartier de Plaisance.“

„Tja dann... Wenn jetzt noch nichts dabei ist, kommt auch

nichts mehr... Quartier de Plaisance... Hm... Kam sie aus dem Haus?"

Da hatten wir's! Ferrands Leiche war gefunden worden, und mein Freund stellte sofort einen Zusammenhang her. Ein schlaues Kerlchen, dieser Marc Covet.

„Aus welchem Haus?" fragte ich so teilnahmslos wie möglich.

„Ach ja, das können Sie ja nicht unbedingt wissen. Heute nacht ist ein Haus abgebrannt. Wenn also eine nackte Frau auf der Straße rumläuft und ganz in der Nähe ein Haus brennt, dann ist man versucht anzunehmen, daß die erstere aus dem zweiten schnellstens abgehaun ist... Vor allem, wenn die Frau feuerrotes Haar hat... Messerscharf geschlossen, hm?"

„Messerscharf ist das richtige Wort. Aber meine Rothaarige kam aus keinem brennenden Haus."

„Ja dann..."

„Warten Sie! Mir kommt da 'ne Idee. Kann sein, daß sie von den Flics aufgegabelt wurde, ihre Familie aber einen langen Arm hat und die Flics den Fall geheimhalten."

„Einen langen Arm? Wie das Gesetz..."

„Sie wissen gar nicht, was Sie da sagen."

„Aber im Plaisance?"

„Möglicherweise kommt sie aus Kreisen, die nicht im Quartier de Plaisance wohnen."

„Das wird ja immer aufregender!"

„Könnten Sie mal in Ihrem Fernschreiber nachsehen, der ständig mit dem Quai des Orfèvres in Verbindung steht? Da müßte der Fall drinsein."

„Moment! Bleiben Sie am Apparat."

Nach einer guten Minute meldete sich Covet wieder.

„Und?"

„Fehlanzeige. Wär auch zu schön gewesen."

„Schade. Trotzdem vielen Dank. Übrigens... Wie war das mit dem Haus?"

„So 'ne alte Bruchbude hat Feuer gefangen, kurz bevor es

hell wurde. Bei der Hitze... Kein Wunder! Eine brennende Zigarette hat die Katastrophe heraufbeschworen."

„Hübsch gesagt!"

„War 'n Zitat aus dem Artikel eines Kollegen. Fliegt bestimmt bei der nächsten Ausgabe raus. Sie wissen doch, um die Rue Blottière kümmert sich kein Schwein!"

Ich zuckte zusammen.

„Man kann nicht jeden Tag über 'n Wohltätigkeitsbasar berichten, stimmt's?"

„Leider."

Wir legten auf. Ich erzählte Hélène, was sie sich nicht sowieso schon zusammengereimt hatte.

„Und jetzt an die Arbeit!" rief ich und stand auf. „Werd mal hingehen. Kommen Sie mit? Wird bestimmt interessant. Und dann gehen wir essen."

7

Die Ratten verlassen das sinkende Schiff

Ich hielt unter der Brücke, die das 14. vom 15. Arrondissement abgrenzt. Hier wird die Rue de Gergovie zur Rue de la Procession. Ich glaube, deswegen heißt die Brücke auch Pont de la Procession. Aber beschwören kann ich's nicht.

Ich stieg aus, öffnete die Motorhaube und fummelte ein wenig an der Mechanik rum. In der Rue Blottière gab's nämlich 'ne Autowerkstatt. Eine kleine Panne würde meine Anwesenheit in dem Viertel rechtfertigen, falls ich vor irgend jemandem irgendwas rechtfertigen mußte. Nach dem Eingriff ging ich zu Fuß in die Rue Blottière. Hélène paßte auf den Wagen auf.

Der Zufall spielt einem manchmal dumme Streiche. Die Wanzen hatten Schwein gehabt. Ihr Versteck war nicht in Gefahr. Das Totenhaus stand da, als wär nichts geschehen. Genauso häßlich wie gestern nacht, für keinen Sou freundlicher im Sonnenschein. Eher stach die zerfressene Fassade noch deutlicher ins Auge. Schief, von Balken gestützt. Falsch getippt, Nestor! Du mit deiner Phantasie!

Ich ging trotzdem in die Werkstatt und erklärte einem Kerl in ölschmierglänzendem Blaumann meine verzweifelte Lage als Sonntagsfahrer. Es wurden weder Mühen noch Kosten gescheut. Der Mechaniker rief einen jungen Kollegen. Zusammen holten sie den Abschleppwagen aus einem Schuppen, und dann fuhren wir zu dritt zu meinem armen Dugat. Die beiden sahen gar nicht erst nach, was er haben könnte. Sie hakten ihn kurzerhand an ihren Kranwagen, und ab in die Werkstatt! Dort gönnten sie sich erst ein Glas Rotwein. Ganz ungeniert. Gleich würden sie Hélène auffordern, mit ihnen anzustoßen!

„Dauert's lange?" fragte ich vorsichtig.

Der im schmierigen Blaumann kratzte sich nachdenklich am Nacken.

„Kann man vorher schlecht sagen", antwortete er.

„Tja, dann gehen wir mal 'ne Runde spazieren."

„Gibt nicht viel zu sehen, hier im Viertel."

„Außer Julot, falls die Flics ihn wieder freigelassen haben", fügte der andere hinzu. „Aber das ist nichts für eine Dame."

„Wer ist Julot?" hakte ich nach.

„Der schönste Säufer des Viertels. Wenn er blau ist, geht er nicht nach Hause. Pennt einfach auf dem Bürgersteig, halbnackt. Die Flics haben in heute morgen einkassiert, wegen Erregung öffentlichen Ärgernisses. Hatte keine Hose an. Behauptet, sie wär ihm geklaut worden, zusammen mit seinem Mantel. Nichts für eine Dame, wie gesagt. Vor allem... Ist nicht grade 'ne Augenweide, unser Julot."

Dabei schielte er gierig zu Hélène hin. Meine hübsche Sekretärin stand in der Einfahrt, im Gegenlicht. Ihr leichtes Sommerkleid war durchsichtig genug, daß man ihre herrlichen Beine bewundern konnte. Ich beugte mich zu dem Jungen.

„Prima Fahrgestell, hm?"

„Erstklassig", stimmte er mir zu. „Könnte mich schon begeistern."

Ganz schön frech für sein Alter! Aber nicht frech genug. Er wurde rot. Wie ein junges Mädchen. Allerdings mit weniger berauschenden Beinen.

„Fang nicht gleich Feuer", sagte ich. „Aber a propos Feuer... hier auf der Straße soll's gebrannt haben?"

„Da hinten."

„Schlimm?"

„Ziemlich. Aber keine Toten."

Sein Blick wanderte wieder zu Hélène. Zu spät. Das schöne Kind hatte gemerkt, welch interessantes Schauspiel sie bot, und sich zur Seite gestellt. Der junge Mann neben mir seufzte.

„Sind alles Egoisten. Gönnen uns nichts", tröstete ich ihn.

„Ein Wanzennest weniger“, erklärte mein Gesprächspartner.

Ich wußte nicht so recht, wovon er redete. Aber dann fügte er hinzu:

„Davon gibt's so einige hier. Könnten ruhig auch abbrennen.“

Ich nickte zustimmend.

„Hm. Wie die Hütte, die ich auf dem Weg hierher gesehen habe. Aber ich will nicht lästern. Schließlich wohnen Sie hier...“

„Ich wohne nicht hier“, unterbrach mich der Mechaniker im Blaumann. „Hier ist nur die Werkstatt.“

„Ach so. Dann kann ich's ja sagen. Das Haus da, also wirklich!“

„Welches Haus?“

„Das mit der Gaslaterne vor der Tür und den Balken. Sieht aus, als würde es jeden Augenblick umfallen.“

„Ach ja, ich weiß. Soll schon seit Jahren abgerissen werden. Man wartet so lange, bis es von selbst zusammenkracht.“

„Wohnen Leute drin?“

„Ja. Scheint gar nicht schlecht zu sein, von innen. Nur die Verpackung ist im Eimer. Natürlich hab ich nicht nachgesehen.“

„Was nachgesehen?“

„Wie's innen aussieht. Da wohnt ein Araber und noch zwei andere Typen. Sollen ziemlich unfreundlich sein. Dann noch ein Weib. Wird bestimmt aufgeteilt. Jedenfalls sind die nicht kontaktfreudig. Also besser nicht zu neugierig sein.“

War das eine Warnung?

„Na schön“, beendete ich das Gespräch. „Wir werden trotzdem mal 'ne Runde drehen.“

„Viel Vergnügen.“

Ich ging zu Hélène. Wir schlenderten auf das baufällige Haus zu.

„Hier herrscht Freikörperkultur“, berichtete ich. „Die Rothaarige hat sich doch nicht in der Nachbarschaft verkrochen. Hat einem Clochard Hose und Mantel geklaut und ist nach Hause gegangen. Nicht elegant, aber unauffällig. Die Latschen, die ich dem Alten hingestellt hatte, konnte sie wohl auch gut gebrauchen."

„Und der Morgenmantel?"

„Den hat sie ihm nicht zum Tausch dagelassen. Hätte sich rumgesprochen, so voller Blut... Wahrscheinlich hat sie ihn weggeschmissen, in einen Gully oder so."

Hinter uns ertönte Pferdegetrappel und wildes Geheul. Vier Gören spielten Indianer. Sie überholten uns und verschwanden ein paar Meter weiter im Loch eines Bretterzaunes. Jetzt hörte man einen Höllenlärm. Ausrangierte Kessel und alte Töpfe ließen das Viertel erbeben.

„Da ist es", sagte ich und zeigte auf das Haus.

„Sieht wirklich furchtbar aus", stellte sie fest.

„Aber es steht noch. Der Anblick von Schutt und Asche wär trauriger. Und nicht so gut für die Spurensicherung...."

„Sind Sie sicher, daß Leute da drin wohnen?" fragte Hélène und verzog skeptisch den Mund.

„Außer dem, was ich mit eigenen Augen gesehen hab, hat mir der Mechaniker das versichert. Nicht kontaktfreudig. Die Mieter, meine ich. Ein Araber. Und wo ein Araber ist, ist ein Rasiermesser nicht weit. Außerdem eine Frau, die rumgereicht wird."

Hélène wurde rot.

„Wie furchtbar! Scheint wohl verlassen worden zu sein."

„Oh, das würde ich nicht unbedingt sagen... Ach, Sie meinen das Haus? Das sieht nur so aus. Kommen Sie mit?"

„Sie wollen doch nicht..."

„Doch, ich will. Was ist schon dabei? Es ist hell, und außerdem ist das Schlimmste vorbei. Die haben sich heute nacht völlig verausgabt. Los, kommen Sie! Wir sind ein jungverheiratetes Paar auf der Suche nach einem Liebesnest. Bei der Wohnungsnot..."

Der Hausflur empfing uns mit dem wohlbekannten Gestank.

Durch die Öffnung, Typ Schießscharte, bekam die Treppe graues Licht. Die Scheiben waren zwar wie durch ein Wunder heil, aber staubbedeckt. Die Stufen dienten nach wie vor als Mülldeponie. Zu den Kippen und dem zerknüllten Papier war noch Stroh hinzugekommen. Außerdem sah es so aus, als hätte man einen Sack Kohle über die Stufen geschleift.

„Concierge!" rief ich der Form halber.

Ich wußte natürlich, daß er hier keine Concierge gab. Aber vielleicht fühlte sich jemand angesprochen und kam aus seinem Loch. Es kam aber niemand. Niemand fühlte sich angesprochen.

„Gehen wir nach oben", sagte ich.

Hélène ließ mir den Vortritt. Wenn irgendwo irgend jemand war, dann ließ er uns seine Anwesenheit nicht spüren. Stille, die Spezialität des Hauses. Von draußen drang gedämpfter Lärm zu uns: Kindergeschrei von dem unbebauten Gelände, dazu das kraftvolle Lied der Arbeit auf den Bahngleisen. Zum Schein klopfte ich an die beiden Türen in der ersten Etage. Nichts. Keine Reaktion. In Hélènes Blick las ich deutlich:

„Verlassen, wie ich's mir gedacht habe."

Sah ganz so aus. Ich drehte den grünlich kupfernen Knauf. Die Tür des heute nacht plötzlich vestorbenen Ferrand ließ sich mühelos öffnen.

Der Toilettentisch und der einzige Stuhl standen in einer Ecke. Das Eisenbett war hochkant gegen die Wand gelehnt. Keine Leiche auf dem Boden! Sie war verschwunden und hatte Staub, Dreck und Blut samt Spuren mitgenommen.

„Hausputz", kommentierte Hélène.

„Und zwar gründlich", fügte ich hinzu. „Keine Spur von dem Gemetzel von gestern nacht. Ein Fall für die Laboranten der 36."

„Wollen Sie Kommissar Faroux alarmieren?"

„Erst wenn's unbedingt nötig ist. Im Augenblick jedenfalls brauchen wir uns nicht mit Spurensuche aufzuhalten. Ferrand hat den Namen seines Mörders oder seiner Mörderin nicht an die Wand geschrieben. Auch nicht Name und Adresse der Person, die im Todesfall zu benachrichtigen ist. Aber da wir schon mal hier sind, gehen wir doch schnell nach nebenan...."

Das Zimmer, aus dem gestern nacht die Rothaarige gekommen war, gehörte zu einer Dreizimmerwohnung. Ein Zimmer ging zur Straße, die anderen beiden zeigten auf Bahndamm und Kohlehalden. Der Architekt dieser Bruchbude hatte wahrscheinlich bei Dr. Caligari studiert. Einen verrückteren Bau konnte man sich kaum vorstellen. Le Corbusier hätte seine Reißfeder verschluckt. Auch der Innenarchitekt war hochbegabt. Zusammengesuchte Möbel spielten ‚Bäumchenwechseln', leere Flaschen spielten Kegeln. Ich öffnete die Schubladen einer Kommode.

Das Geräusch klang hohl wie eine Rede im Parlament. Die gleiche Leere.

Ich sah aus dem Fenster auf die Bahngleise. Ein paar Quadratmeter erstreckten sich bis zum Damm. Früher bestimmt ein Garten, heute überwuchert von Unkraut. Niemand zu sehen. Niemand, der mir etwas zuwerfen konnte, einen Stein oder einen guten Rat. Nicht mal 'ne Leiche.

Ich ging zu Hélène, die das nächste Zimmer besichtigte.

„Also wirklich! Da hört doch alles auf!" rief sie.

Als ich ins Zimmer trat, fuhr sie erschreckt zusammen und drehte sich um. Auf ihren Wangen hätte man Spiegeleier braten können, so feuerrot war sie geworden. Ich hatte sie dabei überrascht, wie sie sich Bilder über dem Bett ansah, die – weiß der Teufel warum! – für brave kleine Mädchen strengstens verboten sind: eine Sammlung aufmunternder Brüste und Hintern. Derjenige, der in dieser Flohkiste schlief, hatte eine Vorliebe für Pin-up-Girls aus einschlägigen Magazinen. Aber das Prachtstück der Sammlung war kein Foto, sondern eine Originalzeichnung. Tusche, sehr sorgfältig ausgeführt von einem Künstler, der sein unbestreitbares Talent an höchst eigenwilligen Kompositionen erprobte. Die realistische Darstellung hätte zur Not die Speisekarte für eine Hochzeit zieren können, aber bestimmt nicht die für eine Kommunion.

„Wird ja immer besser", freute ich mich.

Ich wollte die Zeichnung von der Wand nehmen, da fiel mir Hélène in den Arm.

„Lassen Sie das hängen, Sie Sittenstrolch!" rief sie wütend.

Ich befreite mich, die Zeichnung wie eine Trophäe in der Hand.

„Dumme Ziege! Lassen Sie doch andere Leute ihre Laster frei ausleben, verdammt nochmal! Sehen Sie, hier, was Sie sich entgehen lassen mit ihrer verspäteten Prüderie."

Ein Foto, 6×9, hatte unter der Zeichnung in der Nähe einer Heftzwecke gesteckt. Als ich die Zeichnung von der Wand genommen hatte, war das Foto aufs Bett gefallen.

„Noch so 'ne Schweinerei", bemerkte Hélène, ohne hinzusehen.

„Nein, mein Herzchen. Die hier ist angezogen. Aber deshalb nicht weniger begehrenswert. Und vor allem scheint sie nüchtern zu sein."

Auf dem Foto war eine junge Frau zu sehen. Lange Haare, die sich bis auf die Schultern lockten, ein elegantes Kleid, das ihren Körper zur Geltung brachte. Die Frau lehnte sich anmutig gegen das Geländer einer Eisenbahnbrücke. Darunter waren ein einziges Gleis und eine bewaldete Böschung zu sehen. Eine ländliche Idylle.

„Meine Rothaarige", sagte ich und steckte Foto und Zeichnung ein. „Auch die schlausten Köpfe lassen immer irgendwo was rumliegen. Sie sehen, manchmal kann ein liederliches Hobby durchaus nützlich sein."

Hélène zuckte nur die Achseln, sagte aber nichts. Ich gab das Zeichen zum Aufbruch. Hatte in diesem gastlichen Haus mehr gefunden, als ich gehofft hatte. Wir konnten uns verhalten wie die ehemaligen Mieter: weggehen, ohne sich umzusehen. Und wieder gab es eine freie Wohnung für Abbé Pierre!

Wir gingen zurück in die Werkstatt. Hélène schmollte und wartete draußen.

„Alles klar, M'sieur", rief mir der Mechaniker im Blaumann zu. „Wie war der Spaziergang?"

„Schön“, log ich.
„Kann ich mir vorstellen“, antwortete er augenzwinkernd.
„Was kostet der Spaß?“
Er nannte eine Summe. Hélénes heimlicher Verehrer strich um mich herum. Wartete wohl auf ein Trinkgeld. Ich drückte ihm was in die Hand und zeigte ihm das Foto, das ich mitgenommen hatte.
„Du interessierst dich doch für schöne Miezen. Kennst du die hier zufällig?“
„Wollen Sie mich verarschen?“ fragte er. „Warum sollte ich die süße Maus kennen?“
„Weiß ich nicht. Zufällig eben. Das Foto lag auf dem Bürgersteig, hier ganz in der Nähe. Vielleicht wohnt die im Viertel?“
„Nie gesehn.“
„Ist das nicht die, die sich die drei in dem Abbruchhaus teilen?“
„Oh, das ist was ganz anderes.“
„Na schön. Soll mir auch egal sein. Ich behalte es. Kann mir's ja ins Familienalbum kleben. Die Kleine kommt wohl vom Land...“
„Woran sehen Sie das denn, M'sieur?“
„Am Hintergrund.“
Er lachte.
„Sie sind aus Paris, M'sieur?“
„Eigentlich schon.“
„Jedenfalls nicht aus dem 14. Wissen Sie, wo das gemacht worden ist? Zwischen der Rue des Arbustes und der Rue des Camélias, auf der Brücke hinter dem Hôpital Broussais. Und ob ich die Gegend kenne! Bin in der Rue Didot geboren.“
„Ach so! Und der Bahndamm gehörte zur früheren Ringbahn?“
„Genau. Ist jetzt stillgelegt. Wird nur noch von Citroën benutzt. Abends spät rollen manchmal Autozüge von Javel zur Gare de Lyon.“
Man wird alt wie 'ne Kuh und lernt immer noch dazu. Ich

hab ’ne Zeitlang im 14. gewohnt. Zuerst in der Villa Duthy, im selben Haus wie Jacques Prévert. Dann in der Passage de Vanves über dem *Majestic-Brune*. Beides nicht weit von der Rue des Camélias. Aber den Hintergrund auf dem Foto hätte ich nicht wiedererkannt. Allerdings liegt das auch gut versteckt.

Ich fuhr meinen Dugat aus der Werkstatt und lud Hélène ein. Nach ein paar Radumdrehungen fragte ich:

„Na, schmollen Sie schön? Was muß ich tun, um Sie wieder aufzuheitern?“

„Ich schmolle doch überhaupt nicht!“ ereiferte sie sich.

„Ich dachte. Zuviel Phantasie... Wissen Sie, wo das Foto gemacht wurde? Wir haben unsere Zeit wirklich nicht vertrödelt. Jetzt werden wir uns die Brücke samt Umgebung mal näher ansehen. Meine Rothaarige hat sich als Kameliendame entpuppt.“

Ich sah auf den Stadtplan.

„Ausgezeichnet!“ rief ich. „Wir haben aber auch ’n Glück! Die Rue des Camélias liegt nur einen Steinwurf entfernt von der Rue des Mariniers. Da kenne ich einen. Anatole Jakowski. Ist mir vor kurzem von Ralph Messac vorgestellt worden. Hab ich Ihnen davon erzählt?“

„Ja. Kunstkritiker, wenn ich mich recht entsinne?“

„Spezialgebiet: Naive Malerei. Wenn die Rote bei ihm in der Gegend wohnt, kennt er sie bestimmt und kann uns einiges über sie erzählen.“

8

Die Rote Maus, Teil II

Ich parkte meinen Wagen am Ende der Rue des Arbustes. Direkt neben dem grauen Holztor, einer Art Lieferanteneingang des Hôpital Broussais, vor der Schranke, die den Autos die Zufahrt zur Brücke über die ehemalige Ringbahn verwehrte.

Der Mechaniker wußte, wovon er sprach. Das hier hatte tatsächlich den Hintergrund zu dem Foto in meiner Tasche abgegeben. Ländlich pittoresk und erstaunlich ruhig. Man hätte nie vermutet, daß sich große Verkehrsadern wie der Boulevard Brune, die Rue Didot oder die Rue Raymond-Losserand ganz in der Nähe befinden. Es gab zwar auch eine Fabrik – man mußte die finstere Mauer buchstäblich hinter den Bäumen suchen –, aber das zurückhaltende Geräusch ihrer Maschinen verlor sich in der drückenden Luft des schwülen Nachmittags. Nur die Vögel machten Lärm. Das war allerdings angenehm und beruhigend.

Zwischen dem bewaldeten, zugewucherten Bahndamm liefen die glänzenden Schienen über den Schotter. Ein paar hundert Meter weiter verschwanden sie in einem Tunnel.

Hier und da lag eine kaputte Gemüsekiste oder ein Pappkarton rum. Auch ein einsamer, verlassener Schuh und so was Ähnliches wie 'ne Hose hingen in einem Dornenstrauch. In Paris gibt es Leute, die noch nie was von Mülleimern gehört haben.

Zwischen den Bäumen schlängelten sich ausgetretene Wege. Offensichtlich kamen Kinder zum Spielen hierher und Verliebte zum Knutschen.

„Warten Sie mal", sagte ich zu Hélène.

In dem Gitterzaun neben dem Holztor des Hospitals entdeckte ich ein Loch. Ich schlüpfte hindurch und ging hinunter zum Gleis... zu den weggeworfenen Klamotten, die mich interessierten. Sofort erkannte ich den Schuh wieder. Er gehörte zu dem Paar, das Ferrand mir als Alibi mitgegeben hatte. Die Hose war bestimmt die, die man dem Clochard geklaut hatte. Dann konnte der Mantel auch nicht weit sein. Überflüssig, ihn zu suchen. Was ich wissen wollte, sah ich.

„Vorsicht!" rief Hélène.

Ich beruhigte sie mit einem Handzeichen. Unter meinen Füßen hatte ich schon das Vibieren der Schiene gespürt. Ich sprang zur Seite. Eine Lokomotive keuchte heran. Sie schob heiße Luft vor sich her und zog Waggons mit neuen glänzenden Autos. Der Lokführer lehnte sich aus der Lok und schrie irgendwas, das aber im Lärm der Räder unterging. Und schon verschwand der Zug im Tunnel.

Ich ging wieder hinauf zu Hélène.

„Die Rote wohnt hier im Viertel", sagte ich. „Sie hat die alten Klamotten dort hingeworfen. Wenn es nicht so heiß wär, hätte sie sie bestimmt verbrannt. Jetzt müssen wir nur noch rauskriegen, wo sie wohnt, Ein Kinderspiel. Auf zu Jakowski. Wenn der nichts weiß, halten wir das Foto allen Lebensmittelhändlern unter die Nase."

Die Rue des Camélias folgte ein paar Meter dem Gitterzaun des Bahndamms. Dann, hinter einer alten Treppe von fünf, sechs Stufen, die zu einer geheimnisvollen Tür im Zaun führte, standen links und rechts die verschiedenartigsten Häuschen. Wie in Montsouris, in der Rue du Douanier. Überall Blumen und Kletterpflanzen. Aus einem Radio drang leise Musik. Irgendwo läutete das Telefon. Ein Hund zerrte knurrend an seiner Kette. Aber er begnügte sich damit, Fliegen zu fangen.

Wir bogen nach rechts in die Rue des Mariniers ein. Kurz darauf standen wir vor dem Pavillon von Anatole Jakowski. In dem offenen Fenster hielten Grünpflanzen Wache. Drinnen klapperte eine Schreibmaschine. Ich läutete an der Tür.

„Was für eine freudige Überraschung", rief Jakowski, als er uns öffnete.

Seine blonden Barthaare zitterten. Er nahm seine Samtmütze ab und grüßte Hélène. „Kommen Sie rein. Ralph Messac ist auch gerade hier. Bin dabei, mein Buch über Alphonse Allais zu beenden."

Wir folgten ihm in sein Arbeitszimmer. Es war mit naiven Bildern und ziemlich bizarren Gegenständen dekoriert, mehr oder weniger surrealistisch. So was sammelte er. Auf einem Möbel, zwischen zwei Tabakdosen in Form von menschlichen Schädeln, bewegte sich eins der ersten Mobiles von Calder.

Ralph Messac, sehr würdevoll mit seinem beeindruckenden Bart, stand gegen die Wand gelehnt und rauchte seine Pfeife aus Veilchenholz. Seine Haare kitzelten die *Sirène*, die man lange bei dem Dichter Robert Desnos in der Rue Mazarine bewundern konnte.

„Was treibt dich hierher?" fragte Messac. „Ist im 14. was passiert?"

„Hab was für Sie", lachte Jakowski. „Spalte ‚Schwarzer Humor'. Heute morgen ist einer aus dem Broussais entlassen worden. Gesund. Wurde von dem Krankenwagen überfahren, der grade um die Ecke kam mit einem, der im Sterben lag. Resultat: zwei Tote."

Erklärend wandte er sich an Hélène:

„Unser Freund hat sozusagen eine Zeitung für wichtige Belanglosigkeiten aus dem Arrondissement."

„Eine Anthologie des Alltags", sagte ich lachend. „Überfahrene Hunde, Klatsch und Tratsch, Einbrüche usw. A propos: die Einbrüche von Montsouris müssen doch ein gefundenes Fressen für dich gewesen sein, hm?"

Ralph Messac nahm langsam seine langstielige Pfeife aus dem Mund und blies den Rauch zu einer Flasche, in der zwei Männer aus Kork Karten spielten. Um Messac Gesellschaft zu leisten, zündete ich mir ebenfalls eine Pfeife an.

„Für solchen Kleinkram interessiere ich mich nicht", sagte er. „Dann schon eher für das, was Jakowski erzählt hat. Oder für die Sache mit den beiden Höhlenforschern von der Place Victor-Basch. Die sind am hellichten Morgen aus einem Gully gekrochen, direkt vor einem Flic. Mit Laternen, Seilen, Hacken usw. Der Flic wollte seinen Augen nicht trauen. Die zwei hatten sich in den Katakomben einschließen lassen, um in aller Ruhe die unterirdischen Gänge erforschen zu können. Diese Witzbolde!"

„Kann man wohl sagen. Aber hört mal, Leute! Sollen wir nicht besser aufhören mit den Geschichtchen? Wie ich euch so kenne, sitzen wir noch heute nacht hier."

Ich holte das Foto raus und reichte es Jakowski.

„Sehen Sie mal. Höchstwahrscheinlich wohnt die Kleine hier in der Gegend. Kennen Sie sie? Auf dem Foto sieht man's vielleicht nicht so, aber *in natura* ist sie unvergeßlich."

„Natürlich kenne ich die." Er tippte mit dem Zeigefinger auf das Foto. „Unvergeßlich. Und unvergessen. Wenn Mademoiselle nicht hier wär…" Er schielte zu Hélène hinüber, die eine Vitrine mit Nippes aus der Belle Epoque betrachtete. „… würde ich Ihnen was erzählen, aber in Polen…"

„Vergessen Sie Polen! Erstens gibt's das gar nicht, wie Alfred Jarry geschrieben hat. Haben Sie das nicht in der Pataphysik gelernt? Zweitens wird in Polen ständig gesoffen, und Sie trinken doch nicht."

„Stimmt."

„Sie Verräter! Also kümmern Sie sich nicht um Mademoiselle und um Polen und spucken Sie's aus."

„Also Vorsicht! Ich spucke! Sie heißt Marie…"

„Wie die Jungfrau?"

„Ganz im Gegenteil."

„Also Maria-Magdalena?"

„Schon eher. Eine Nymphomanin. Alle hier im Viertel wissen Bescheid über ihre Ausschweifungen. So heißt das doch, oder? Völlig verrückt, die Kleine. Hat richtige Anfälle. Reißt einfach aus. Ich glaube, sie war schon mal in psychiatrischer Behandlung. Ohne Erfolg."

„Sie schläft also mit jedem Erstbesten?"

„Nicht mit jedem! Sie sucht sich ganz spezielle Männer. Je verkommener, desto besser. Einmal hatte sie einen vom Flohmarkt an der Porte de Vanves. Ihr Mann hat sie nach Wochen bei dem Trödler aufgestöbert."

„Ach, verheiratet ist sie auch?"

„Ja. Mit einem angesehenen Mann."

„Daß der angesehen wird, kann ich mir vorstellen."

„Sogar in dreifacher Hinsicht. Er ist Maler. Großer Kunstpreis von Rom und so. Stellt im Salon aus. Porträtiert bekannte Persönlichkeiten. Arbeitet auch für den Staat."

„Das bringt Salz in die Suppe", warf Messac sarkastisch ein.

„Ein anderes Mal", fuhr Jakowski fort, „gab's da 'ne Geschichte in einer Bar, in der Rue Pernety. Genaueres weiß ich nicht. Ihr Mann hat das wieder zurechtgebogen."

„Hat der auch einen Namen?"

„Auguste Courtenay."

„Auguste, wie Renoir."

„Wie der Partner des Clowns."

„Und wo wohnt das tolerante Paar?"

„Rue des Camélias."

„Nummer?"

„Weiß ich nicht genau. Ein Haus in normannischem Stil. Grauer Stein, Stuckverkleidung, mit Efeu bewachsen. Ein Atelier ist später angebaut worden, stört aber nicht zu sehr. An der Seite eine Garage im selben Stil."

„Und eine Laterne aus Schmiedeeisen unter dem Vordach der Eingangstür?"

„Ja."

„Ist mir aufgefallen, als wir eben vorbeigefahren sind. Sah unbewohnt aus."

„Gestern hab ich Courtenay aber noch gesehen. Hm... Aber sie... Sagen Sie, hat sich die Marie wieder was geleistet? Die hab ich nämlich schon seit einigen Tagen nicht mehr gesehen. Wenn ich zum Markt fahre, komme ich immer an dem Haus vorbei. Meistens steht sie an einem der Fenster... halbnackt natürlich... Aber seit einigen Tagen hab ich sie nicht mehr gesehen. Tja, entweder zieht sie wieder durch die Gegend... oder ihr Mann hat sie umgebracht. Früher oder später wird er das sowieso tun. Droht ihr ständig damit..."

„Hm... Vielleicht kommt sie ihm zuvor..."

„Wie meinen Sie das?"

„Daß sie ihren Mann tötet."

„Wie gesagt, den hab ich noch gestern gesehen. Lebend."

„Dann vielleicht jemand anders. Ich will offen sein, Jakowski. Ich arbeite für einen, der mit ihr geschlafen hat. Ein verheirateter Mann, der 'ne schwache Minute hatte. Er weiß nichts von ihr: weder Alter noch Namen noch Adresse. Nur dieses Foto hat sie bei ihm vergessen. Mein Klient hat Schiß, weil sie ihm gedroht hat, ihn zu töten. Frage mich, ob sie imstande ist, mit so was zu drohen und die Drohung in die Tat umzusetzen. Oder hat mein Klient mir einen Bären aufgebunden?"

Jakowski zuckte bedauernd die Achseln.

„Keine Ahnung, mein Lieber. Aber bei Verrückten muß man auf alles gefaßt sein. Vor allem weil sie säuft und Drogen nimmt."

„Mit anderen Worten: wenn Sie hören würden, daß Marie Courtenay jemanden umgebracht hat, wären Sie nicht überrascht?"

Er überlegte einen Augenblick.

„Ehrlich gesagt, nein."

„Danke. Was anderes. Sie sind doch Kunstkritiker. Sehen Sie sich das mal an."

Ich steckte das Foto wieder ein und reichte ihm die Zeichnung, hinter der ich das Foto gefunden hatte.

„He!" rief Ralph Messac und pfiff durch die Zähne.

„Hübsch, hm? Was sagen Sie dazu, Jakowski?"

„Wissen Sie", lachte der Kunstkritiker, „ich beschäftige mich vor allem mit naiver Malerei."

„Und egal, was ‚naiv' heißt, dies hier ist ziemlich weit weg davon. Stimmt. Aber könnte das von Auguste Courtenay stammen?"

„Einer, der den Preis von Rom kriegt, begehrter Aussteller im Salon, unterstützt vom Staat... So einer ist zu allem fähig. Zum Spaß, oder um sich selbst wieder in die Augen sehen zu können. Aber das hier stammt nicht von ihm."

„Verändern einige Künstler nicht ihre Handschrift, wenn sie so was zeichnen?"

„Sicher, aber trotzdem bleibt was übrig von ihrem Stil. Glaub nicht, daß diese Zeichnung von Courtenay stammt... Hm... Natürlich möchte ich's nicht beschwören..."

„Schön. Na ja, dann haben sie vielen Dank..."

Zum allgemeinen Bedauern steckte ich die Zeichnung wieder ein.

„Ist er reich, dieser Courtenay?"

„Ja. Hat's bestimmt nicht nötig, sich mit so was die Brötchen zu verdienen, wenn Sie das meinen."

„Das meine ich nicht. Ich dachte mehr an die Kerle unten auf der Leiter, die von seiner Frau besucht werden. Die könnten doch auf die Idee kommen, den reichen Ehemann zu erpressen. Und er bei seiner gesellschaftlichen Stellung, ganz oben auf der Leiter..."

Anatole Jakowski schüttelte den Kopf.

„Glaub nicht, daß das funktioniert. Ich war mal Zeuge einer Szene vor seinem Haus. Er boxte sich mit einem üblen Burschen. Dabei schrie er: ‚Du willst Urlaub machen? Ich schlag dich krankenhausreif. Da kannst du dich in Ruhe erholen!' Der Ganove hatte sicher Geld von ihm verlangt, um in Urlaub zu fahren. Sie verstehen, Burma. Das Verhalten seiner Frau kann Courtenays Ruf nicht ruinieren. Der ist schon ruiniert. Er ist Künstler. Sie wissen doch, was das heißt: die kleinkariertesten Leute lassen einem Künstler oder seiner Umgebung alles durchgehen, was sie einem Lebensmittelhändler, einem General oder einem Finanzbeamten niemals verzeihen würden! Mit anderen Worten: Courtenay wird kaum zahlen, damit jemand die Schnauze hält über das, was sowieso schon alle wissen."

„Klar. Vielen Dank noch mal. Wir werden Sie jetzt alleine lassen mit Alphonse Allais."

Wir tauschten per Handschlag unsere Bazillen aus.

„Sehr erfreut, Sie kennengelernt zu haben, Monsieur Jakowski", säuselte Hélène formell. „Ihre Kunstsammlung hat mir sehr gefallen. War mir ein Vergnügen."

Unser Gastgeber lächelte bescheiden.

„Ach, das ist noch gar nichts", sagte ich. „Sie müßten erst mal seine Büste sehen!"

„Was ganz Besonderes!" pflichtete Messac bei.

„Dafür müßten wir in mein Schlafzimmer gehen", sagte der Kunstkritiker.

Hélène runzelte die Stirn. Ich sah auf meine Uhr. Wir hatten Zeit genug.

„Es handelt sich nicht um die Büste unseres Freundes", erklärte ich. „Nicht aus Fleisch und Blut. Ein Kunstgegenstand, den er..." – Ich sah Jakowski an – „... auf dem Flohmarkt gekauft hat, stimmt's?"

„Porte de Vanves, ja."

„Würden Sie meiner Sekretärin Ihre Büste zeigen?"

„Mit dem größten Vergnügen."

Die Büste thronte im Halbdunkel eines Hinterzimmers, eingerahmt von magischen Laternen und Jugendstilbronzen. In den Schaufenstern von Wäschegeschäften dienen solche Büsten dazu, Büstenhalter auszustellen. Diese hier war von einem ungezügelten Geist in den phantastischsten Kunstgegenstand verwandelt worden, den man sich erträumen kann: ein ungewöhnliches Stück, Teil einer Sirene, irgendeiner grauenhaften Gallionsfigur irgendeines Geisterschiffs, liebkost von glitschigen Algen und bunten Muscheln. Wie erstarrte Küsse. Ohne Kopf, ohne Arme, die Kehle dem Messer des Opferpriesters theatralisch dargeboten, über und über bedeckt von Meeresmuscheln und Schnecken, die sich zum Teil überlappten, starr, aber scheinbar immer von Wogen des Meeres bewegt.

Ich kannte kein verwirrenderes Beispiel für ein Objekt des Surrealismus'.

„Wie finden Sie den Trödel?" fragte ich Hélène.

„Verblüffend."

„Der Mann, der mir die Büste verkauft hat", sagte Jakowski, „behauptete, sie genauso an einem Strand gefunden zu haben. Wollte mir weismachen, das sei ein Naturobjekt. Aber ich hab mich nicht bequatschen lassen. Er mußte mit dem Preis runtergehen."

„Tja", sagte ich. „Aber jetzt wollen wir gehen, bevor einer von uns noch Petroleum schluckt oder 'ne Striptease-Nummer hinlegt."

Wir verabschiedeten uns. Die Poesie ist 'ne prima Sache, aber davon kann man nicht leben. Man muß sich auch hin und wieder mit ernsthaften Dingen beschäftigen.

9

Rue des Camélias

Wir gingen zurück in die Rue des Camélias, wo der Dugat stand. Courtenays Haus sah nicht bewohnter aus als eben. Ich wußte schon so nicht richtig, wie ich den Fall anpacken sollte. Aber wenn alle Welt vor mir Reißaus nahm, konnte es ja noch heiter werden. Blieb nur zu hoffen, daß der Maler und seine Frau nur vorübergehend auf Ritt waren. Eine Hoffnung mehr oder weniger, was machte das schon.

Wir fuhren über die Rue Raymond-Losserand und die Rue d'Alésia auf die Avenue du Général-Leclerc. Es herrschte reger Verkehr. Wir bogen nach links in Richtung Place Denfert-Rochereau. Eine dichte Menschenmenge wälzte sich über den Bürgersteig. Zwischen Schaufenstern und parkenden Wagen. Der Bürgersteig auf der gegenüberliegenden Seite war nicht so belebt.

Ich parkte meinen Wagen vor dem Café L'Oriental. Wir setzten uns auf die Terrasse mit Blick auf den Löwen von Belfort und den Eingang zu den Katakomben. Nach einer Weile fragte mich Hélène, ob ich sie noch brauche. Dienstlich brauchte ich sie nicht mehr, und sie verabschiedete sich. Ich wartete bis sieben Uhr. Dann ging ich nach unten, um Monsieur Gaudebert anzurufen. Am Telefon lügt es sich leichter.

„Hab mir den ganzen Tag im Postamt die Beine in den Bauch gestanden", log ich munter drauflos. „Umsonst. Niemand hat für einen Monsieur Ferrand was Postlagerndes abgeholt."

„Ach!" wunderte sich Armand Gaudebert.

„Ich nehme an, unser Mann ist aufgehalten worden. Vielleicht ist er von den Flics einkassiert worden, wegen 'ner anderen Sache. Soll ich das mal nachprüfen?"

„Warten Sie noch damit. Können Sie morgen wieder vor dem Postschalter Wache halten?"

„Selbstverständlich."

„Wenn er morgen auch nicht kommt, heißt das, er hat von selbst eingesehen, daß es keinen Zweck hat. Dann war es nur ein Abtasten, wie ich's vermutet habe."

„Bestimmt. Guten Abend, Monsieur."

Er konnte beruhigt sein. Ferrand würde auch morgen nicht kommen. Der Tätowierte würde ihn nie mehr belästigen. Aber ich hatte nicht die Absicht, es meinem Klienten zu sagen. Erstens war das mein Geheimnis. Zweitens hatte der Mord nichts mit dem Erpressungsversuch zu tun. Und drittens hätte ich – da ich ja zu nichts nütze war – zumindest einen Teil des Geldes zurückgeben müssen, daß mir der Oberstaatsanwalt i.R. schon gegeben hatte. Darauf legte ich natürlich keinen Wert.

Ich aß im L'Oriental 'ne Kleinigkeit. Dann wechselte ich auf die Terrasse des Cyrano, Place Victor-Basch. Das Café lud durch ein auffälliges Schild zu einem Wein aus Bergerac ein, der Spezialität des Hauses.

Als es dunkel war, fuhr ich wieder in die Rue des Camélias. Mal sehen, ob Courtenay oder seine Frau wieder zu Hause aufgetaucht waren.

Ich parkte den Wagen am Boulevard Brune und ging zu Fuß in die Rue des Camélias. Alles schlief, eingehüllt von einem angenehmen Jasmin- und Ligusterduft. Bei dem Maler schien sich nichts verändert zu haben. Kein Licht, weder in dem breiten Atelierfenster noch in den kleineren Fenstern der übrigen Zimmer. Wenn ich mich mit Courtenay oder seiner heißglühenden Frau unterhalten wollte, mußte ich warten... und mich in die Schlange stellen. Denn vor mir stand sich schon jemand die Beine in den Bauch.

Im Schatten eines Baumes der Böschung hing er hinter dem Gitterzaun. Schien das normannische Haus zu überwachen. Dort waren übrigens zwei Fenster geöffnet, wie ich erst jetzt bemerkte. Ich dachte sofort an die Ratten von Montsouris.

Vielleicht stand der Kerl am Gitter Schmiere, während seine Kollegen das Haus leerräumten. Aber das war natürlich Quatsch: er hätte bei meinem Auftauchen schon längst Alarm geben müssen. Oder er hatte nur sich selbst alamiert, dieser schäbige Egoist. Er machte sich vom Gitter los und ging zur Brücke, langsam, aber elastisch. Bereit, sofort einen höheren Gang einzulegen, falls nötig. Die Laterne am Anfang der Brücke tauchte ihn in helles Licht, was mir aber überhaupt nichts nützte. Ich konnte nur feststellen, daß er etwa meine Körpermaße hatte. Sein Hut unterschied sich nicht von dem aller Pariser Männer.

Ich folgte ihm auf die Brücke, in die Rue des Arbustes. Dort rief ich hinter ihm her. Er nahm seine Beine in die Hand und rannte in die Rue Raymond-Losserand, zu schnell für mich.

Ich ging zurück in die Rue des Camélias. Von der Brücke aus sah ich Licht in den Fenstern, die eben noch dunkel gewesen waren. Jetzt wurde das Licht wieder ausgeknipst. Ich nahm den Platz des Mannes ein, den mein Auftauchen verscheucht hatte. Wie er starrte ich auf das Haus. Konnte mich nicht entscheiden, was ich tun sollte. Da entschied ein anderer für mich.

Leise öffnete sich eine Tür, Schritte knirschten auf dem Kiesweg, das Gartentor quietschte in den Angeln. Er kam über die Straße, direkt auf mich zu. Bevor ich piep sagen konnte, stand er vor mir. Der Jasmin- und Ligusterduft wurde von Gingeruch verdrängt.

„Am besten, wir bringen's hinter uns“, flüsterte der Schnellentschlossene mir zu. „Kommen Sie, ich habe mit Ihnen zu reden.“

„Ich eher mit Ihrer Frau“, antwortete ich. „Aber, na ja, mit Ihnen ist mir auch schon gedient.“

Ich folgte ihm in das normannische Haus. Er machte Licht und bat mich nach oben. Dort machte er ebenfalls Licht. Im Flur hing ein Bild und in dem Zimmer, in das wir gingen, zwei weitere. Auf allen dreien war die Rothaarige zu sehen. Einmal völlig nackt, einmal splitternackt und einmal völlig ausgezogen. Aus dieser kleinen Ausstellung schloß ich, daß dieses nicht besonders tugendhafte Wesen das Modell des Ehemannes der Rothaarigen war.

Dieser Ehemann war klein, hatte breite Schultern und große Füße, graumelierte Haare und einen Schnurrbart. Dazu einen unendlich genervten Gesichtsausdruck. Den leichten Sommeranzug hatte er bestimmt nicht auf dem Flohmarkt gekauft.

„Sie sollten den Revolver aus der Tasche nehmen", sagte ich freundlich. „Er beult Ihre Anzugjacke so sehr aus."

10

Der Hundert-Francs-Tip

„Weiß der Teufel, warum ich das Ding mit mir rumschleppe“, knurrte der Maler und schlug sich auf die Jackentasche. „Ich hab keine Lust zu diskutieren. Wieviel?“

„Setzen wir uns doch“, schlug ich vor. „Es könnte länger dauern.“

„Im Gegenteil. Wir haben schon genug Zeit verloren, seit Sie um mein Haus rumstreichen.“

Trotz seiner abweisenden Haltung machte ich's mir in einem weichen Sessel bequem. Vor seinem Revolver hatte ich keine Angst. Der Maler hatte Angst für zwei. Tat mir richtig leid.

„Ist Madame Courtenay nicht zu Hause?“

„Geht Sie nichts an.“

„Ich hoffe, Sie haben sie nicht getötet?“

„Geht Sie nichts an. Wieviel?“

„Wieviel?“ echote ich lachend. „Ich dachte, Sie lassen sich im allgemeinen nicht erpressen. Im Gegenteil. Hab gehört, Sie haun den Erpressern was aufs Maul? Sollten Sie die Taktik geändert haben? Warum?“

„Ich weiß nicht, was Sie meinen“, zischte er.

Ich zeigte auf eines der Bilder an der Wand.

„Diesmal hat Messalina 'ne etwas größere Scheiße gemacht als üblich, hm?“

„Ich weiß nicht, was Sie meinen“, wiederholte er.

„Wieviel. Geht Sie nichts an. Ich weiß nicht, was Sie meinen. Sie verfügen wirklich nicht über ein großes Repertoire. Sollten sich ein Konversationslexikon kaufen. Und das Blut, mit dem sie bedeckt war? Wissen Sie nicht, was ich meine,

Monsieur Courtenay? Jetzt geht es nämlich nicht mehr um 'ne rollige Katze, sondern um 'ne richtige Kriminelle... 'ne andere Preisklasse, was? Hier im Hause ist man so sehr durcheinander, daß man gar nicht mehr fragt, wer ums Haus streicht, und warum. Man fragt sofort: ‚Wieviel?'. Ich will aber gar kein Geld, Monsieur. Es sei denn... Sie könnten mehrere Millionen auf den Tisch legen."

„Mehrere... was?"

„Millionen."

Er lachte traurig.

„Sie sind zu gierig. Ich habe keine Millionen."

„Hier geht's aber trotzdem um Millionen. Den Tip hab ich vor kurzem gekriegt. Aber... ich glaub nicht, daß Sie die richtige Adresse sind. Es sei denn... dies hier ist die Million wert. Glaub ich aber ebensowenig."

Ich holte die gewagte Zeichnung aus der Tasche und zeigte sie ihm.

„Was soll der Rotz?" spuckte er.

„Eine nackte Frau, wie Ihre hier an der Wand. Aber zusammen mit einem Mann. Haben sie dieses gewagte Meisterwerk geschaffen? Ziemlich talentiert, um als Experte zu sprechen."

„Schon möglich. Aber trotzdem nur 'ne Schweinerei. Vor so was hab ich keine Angst."

„Wie schön für Sie. Sie haben vor ganz anderen Dingen Angst. So, jetzt wär's an der Zeit, mit offenen Karten zu spielen. A propos Karten..."

Ich nahm ihm die Zeichnung aus der Hand und gab ihm dafür meine Visitenkarte. Name, Adresse, Beruf.

„Hm..." brummte er. „Privatdetektiv... Was hat Sie auf diese Sache gebracht?"

„Bin alt genug, um mich selbst draufzubringen. Geben Sie sich keine Mühe. Und sagen Sie mir, wo Ihre Frau ist. Vergessen Sie nicht: sie hat jemanden umgebracht."

Er schüttelte den Kopf.

„Das stimmt nicht", behauptete er.

„Nicht sehr überzeugend."
Resigniert hob er die Schultern:
„Sie ist unzurechnungsfähig."
„Aber Sie halten sie für schuldig?"
„Ich weiß es nicht... nicht mehr", seufzte er voller Kummer.
„Sie lieben Ihre Frau", sagte ich. „Trotz ihres Verhaltens, obwohl sie Ihnen das Leben schwer macht, gesellschaftlich und seelisch: Sie lieben Ihre Frau. Das steht auf den Bildern hier an der Wand. Sinnlich und zärtlich zugleich. Nicht so akademisch kühl wie ihre ‚offizielle' Kunst, wie mir erzählt wurde."
„Ob ich sie liebe oder nicht, was geht Sie das an?" knurrte er aggressiv. „Sie, ein Flic! Was verstehen Sie davon?"
„Erstens bin ich kein Flic, sondern Privatflic. Zweitens gehöre ich zu 'ner ganz speziellen Art von Privatflics. Die Liebe, Monsieur, die leidenschaftliche Liebe ist ein Gefühl, vor dem ich Respekt habe. Mein Spezialgebiet sozusagen."
„Warum erzählen Sie mir das?" fragte er verwundert.
„Damit Sie nicht mehr um den heißen Brei herumreden. Damit Sie mir nicht mehr mit Ihren Geldangeboten auf den Wecker gehen. Und damit Sie kapieren, daß ich mit Ihrer Frau sprechen muß. Ob sie jemanden umgebracht hat oder nicht, spielt dabei überhaupt keine Rolle. Sie alleine kann mir nämlich bei einer Sache weiterhelfen, die auf mehrere Millionen hinausläuft."
„Und das Geld, haben Sie davor auch Respekt?"
„Nein. Dafür hab ich nichts als Verachtung übrig. Deswegen bin ich auch immer pleite. Und da ich immer pleite bin, brauche ich immer Geld. Ein Teufelskreis. Na ja... Ihre Frau war gestern nacht in einem Abbruchhaus, in dem sich eine Tragödie abgespielt hat. Ich war übrigens auch da. Wär mir lieber, wenn das nicht bekannt würde. Sie sehen, wir könnten uns gut verstehen..."
Ich erzählte ihm, was er unbedingt wissen mußte.
„Also", schloß ich, „muß ich mit Ihrer Frau sprechen. Ich

schwöre Ihnen, daß ich nichts gegen sie unternehmen werde. Wo ist sie? Auf dem Land?"

„Ja."

„Oder in einer psychiatrischen Klinik?"

„Auf dem Land. Ich habe ein Haus im Chevreuse-Tal, in Saint-Rémy. Mit der Heilanstalt haben wir's nur einmal versucht... ohne Erfolg."

„Ich weiß. Haben Sie Ihre Frau heute nach Saint-Rémy gebracht?"

„Gleich heute morgen. Ich dachte, etwas Ruhe... Dort kümmert sich ein altes Ehepaar um sie. Die beiden kennen sie von klein auf. Sie ist noch nie in einer solchen Verfassung von ihren... äh... Ausflügen nach Hause gekommen."

„Klar, es hat ja auch noch nie so tragisch geendet. Was hat sie Ihnen erzählt?"

„Nicht viel. Sie war gar nicht bei klarem Verstand. Sie sagte was von einem toten Mann... Ihr Körper war voller Blut, darüber trug sie eine dreckige Hose, einen schmierigen Mantel..."

„Die Klamotten haben Sie auf den Bahndamm geworfen, stimmt's?"

„Ja. Ihr ist schon mal was Unangenehmes passiert, in der Rue Pernety. Bei ihrem Umgang..."

„Ich muß mit Ihrer Frau sprechen, Monsieur Courtenay."

Er knetete seine Hände.

„Lassen Sie ihr etwas Ruhe. Ich versichere Ihnen, sie ist nicht in der Lage, irgendwelche Fragen zu beantworten."

Ich konnte den Maler nicht zwingen, mich sofort zu ihr zu bringen. Nicht zu ändern. Ich würde in der Zwischenzeit etwas nachdenken.

„Sorgen Sie dafür, daß ich so früh wie möglich mit ihr sprechen kann", sagte ich. „Sie haben meine Adresse und Telefonnummer." Ich stand auf. „Etwas anderes: Ich will Ihnen gerne helfen, Ihre Probleme aus der Welt zu schaffen. Wenn Sie jemand wieder mal erpressen will, bieten Sie ihm um Gottes willen kein Geld an, so wie mir. Versuchen Sie, Namen und

Adresse rauszukriegen. Auch ein falscher Name hilft manchmal weiter. Kann ich mich auf Sie verlassen?"

„Ja."

„Also dann, gute Nacht, Monsieur Courtenay."

Als wir uns die Hand gaben, sah er mich etwas sonderbar an. Wahrscheinlich konnte er meinen Vortrag über Liebe und Geld immer noch nicht einordnen.

* * *

Zu Hause zog ich eine Zwischenbilanz. War gar nicht so einfach. Ferrand wollte mich an einer Sache beteiligen, die mehrere Millionen einbringen sollte. Dafür brauchte er einen wie mich. Eine saubere Sache, hatte er behauptet. Vielleicht stimmte das ja. Die Erpressung des Ex-Oberstaatsanwalts hatte offensichtlich nichts damit zu tun. Die lief nur so nebenbei, fürs Zigarettengeld. Und die Rothaarige? Hatte sie Ferrand umgebracht? Hatte sie überhaupt was mit der ganzen Sache zu tun? So langsam bereute ich's, dem Maler gegenüber so vertrauensvoll gewesen zu sein. Ich dachte noch ein paar Sekunden darüber nach. Dann schnappte ich mir das Telefon. Die Mitarbeiter der Agentur Fiat Lux müssen zu jeder Tages- und Nachtzeit einsatzbereit sein. Als erste weckte ich Hélène und schilderte ihr meinen Abend.

„Hören Sie, mein Schatz", sagte ich dann. „Ich schwimme ganz fürchterlich. Muß unbedingt was tun, wenn auch nur, um das Gefühl zu haben, was zu tun. Möchte wissen, ob Ferrand der Bombensache bei seiner Fassadenkletterei auf die Spur gekommen ist. Irgendein Geheimnis eines Opfers der Ratten von Montsouris. Gehen Sie doch bitte gleich morgen zum *Crépuscule*, ins Archiv, und kommen Sie mit einer Liste aller Rattenopfer zurück. Wir sehen uns einen nach dem andern genau an und dann... werden wir sehen."

„Wie Sie wünschen", sagte meine Sekretärin. „Eine blöde Arbeit wird das. Ich meine Ihre. Stell mir so vor, wie Sie bei den Leuten vorbeigehen und ihnen ein Loch in den Bauch fragen…"

Tja, da hatte sie recht. Eine Scheißarbeit. Vielleicht gar nicht zu machen, ein Schlag ins Wasser.

„Na ja, bringen Sie mir erst mal die Liste."

„Zu Befehl, Chef. Sagen Sie… Ich hab nachgedacht… Wenn Marie Courtenay Ferrand getötet hat, dann hat sie aber bestimmt nicht die Leiche verschwinden lassen. Sie hat doch sofort die Kurve gekratzt."

„Sie hatte Komplizen."

„Sind Sie sicher?"

„Nehme ich an."

„Mir ist noch ein anderer Gedanke gekommen. Nicht eigentlich ein Gedanke, mehr ein Wunsch, eine Hoffnung. Sie schwimmen, wie Sie selbst sagen. Und ich hab das Gefühl, daß Sie noch lange schwimmen werden, wenn nicht bald was passiert. Zum Beispiel: wenn die Polizei Ferrands Leiche findet und den Fall untersucht. Durch Kommissar Faroux können Sie sich unauffällig über die Ergebnisse informieren. Zusammen mit dem, was Sie schon wissen – aber was die Flics nicht wissen –, können Sie Schlüsse ziehen, während die Flics immer noch schwimmen."

„Eine gute Idee, mein Engel."

„Oh, wie gesagt: nur 'ne Hoffnung."

„Eine ausgezeichnete Idee! Die Leiche wird wie 'ne Bombe einschlagen. Wenn's gar nicht anders geht, werde ich sie denen vor die Füße legen. Ganz vorsichtig natürlich."

„Wie?"

„Vor die Füße. Hören Sie schlecht?"

„Großer Gott! Dann wissen Sie also…?"

„An dem Bahndamm neben der Rue Blottière, unter den Kohlen verbuddelt. Da wird selten was gesucht. Natürlich kann ich mich irren. Aber warum sonst lag auf der Treppe überall Kohlenstaub? Bei meinem ersten Besuch lag noch nichts da. Kohlenstaub, meine ich. Der kann nur von den

Sargträgern auf dem Rückweg von der Beerdigung mitgebracht worden sein. Gute Nacht, *chérie*."

Ich legte auf, zufrieden mit meiner Nummer. Mein nächstes Opfer war Roger Zavatter, ein weiteres Mitglied der Nestor-Burma-Gang.

„Ich möchte, daß Sie sich gleich morgen früh auf die Socken machen. Mich interessieren die Vermögensverhältnisse zweier ehrenwerter Herren. Möchte wissen, ob sich 'ne Erpressung lohnt."

„Was ganz Neues bei Ihnen", lachte Zavatter. „Wer sind Ihre Opfer?"

„Armand Gaudebert, Rue du Douanier, und Auguste Courtenay, Rue des Camélias."

Er notierte die Fälle und legte auf. Ich trank einen Schluck, weil es immer noch so heiß war. Dann rauchte ich eine Pfeife, wovon ich Durst bekam. Also trank ich noch einen Schluck.

Wenn es keine andere Möglichkeit gab, die Sache voranzutreiben, dann wollte ich Ferrands Leiche den Flics zum Fraß vorwerfen. Aber ich mußte wirklich vorsichtig sein, durfte mich auf keinen Fall erwischen lassen. Bei diesen Flics muß man auf alles gefaßt sein. Besser, ich wurde die Klamotten, die ich gestern nacht getragen hatte, so schnell wie möglich los. Ich holte also Hose und Jacke aus dem Versteck und durchwühlte alle Taschen, um nichts Verräterisches drinzulassen. Dieser verdammte Ferrand! Hatte mir doch tatsächlich etwas Geld zugesteckt! Zwar nicht die versprochenen Millionen, aber immerhin 'ne Anzahlung. In einer Hosentasche fand ich die zweihundert Francs, um die ich ihn in der Billardkneipe angepumpt hatte. Die beiden Scheine waren nicht mehr ganz neu. Einer hatte sogar als Notizblock gedient. Mir war schon mal ein Tausender zwischen die Finger gekommen mit einer Botschaft: *Heiße Küsse. Bis bald.* Wahrscheinlich ein armer Schlucker, der sich nur schweren Herzens von seinem letzten Tausender getrennt hatte. So rührselig ging es auf dem Hunderter von Ferrand aber nicht zu. Es waren nur Zahlen und Buchstaben zu lesen.

Alé 78-09 und *DEN* 35-10.

Alé 78-09 war meine Telefonnummer. DEN 35-10 mußte wohl die Nummer eines anderen Bekannten meines Bekannten sein. Ich ging schlafen.

11

DENfert 35-10

Gleich nach dem Aufwachen rief ich Anatole Jakowski an.

„Hallo", begrüßte ich ihn. „Hab gestern noch was vergessen. Betrifft Auguste Courtenay. Ist bei ihm in der letzten Zeit eingebrochen worden?"

„Nein. Was soll ihm denn geklaut worden sein?"

„Er ist doch reich, oder?"

„Ach ja, natürlich! Geld oder Schmuck ist bei ihm wohl zu holen. Daran hab ich gar nicht gedacht. Das ist so 'ne Art Berufskrankheit bei mir. Ich zittere nicht um Bargeld, das ich im Hause habe, sondern um meine Bilder und Objekte. Und wenn ich höre, daß bei einem Maler eingebrochen wurde, denke ich sofort an seine Gemälde. Aber welcher Idiot kann schon auf die Schinken von Courtenay scharf sein?"

„Stimmt. Sicher, die Bilder von seiner Frau ... Aber an das Modell kommt man ja günstiger ran ... Also, kein Einbruch bei Courtenay?"

„Nein. Das wüßte ich."

„Vielen Dank."

Wir legten auf. Ich ging runter, um die letzten Ausgaben der Zeitungen zu holen. Immer noch nichts über die Rue Blottière, immer noch nichts über Ferrand, der in Frieden unter der Kohle ruhte. Im Moment lag er da ganz gut. Fraß kein Brot. Ich wählte die Nummer DEN 35-10. Mal sehen, was dabei rauskam.

„Hallo", sagte eine freundliche Frauenstimme.

„Hallo. DENfert 35-10?"

„Ja, Monsieur."

„Können Sie mir sagen, mit wem ich telefoniere?"

„Wie! Das wissen Sie nicht?"
„Nein. Deswegen ruf ich an."
Leises Lachen. Dann:
„Ich gebe Ihnen mal den Doktor."
„Ich scherze nicht."
„Ich auch nicht."
Der Hörer wurde neben den Apparat gelegt. Undeutliches Gemurmel. Dann wurde der Hörer wieder ans Ohr gehalten. An ein anderes.
„Hallo", sagte jetzt eine schroffe Stimme. „Mit wem wollen Sie sprechen?"
„Weiß ich nicht. Sind sie der Doktor?"
„Ja."
„Dr.... Wie heißen Sie?"
„Entschuldigen Sie, aber wer sind Sie eigentlich?"
„Oh, pardon. Mein Name ist Nestor Burma, Privatdetektiv."
„Dr. Dalaruc. Weswegen haben Sie mich angerufen?"
„Offen gesagt, das weiß ich auch nicht so genau. Hab Ihre Nummer irgendwo gesehen."
„Und da haben Sie mich angerufen?"
„So ungefähr, ja."
„Eine Eingebung?"
Jetzt lachte er.
„Kann man so sagen."
„Ihre Geschäfte gehen gut, im Augenblick?"
„So lala."
„Nicht überarbeitet?"
„Ein wenig vielleicht."
„Tja dann..."
Sein Ton war gutmütig, verständnisvoll. Ein Arzt, der es gewohnt ist, sich mit dem Kummer anderer Leute rumzuschlagen.
„Kommen Sie doch einfach mal zu mir", sagte er. „Ich wohne Ecke Boulevard Arago und Avenue Denfert-Rochereau. Dann plaudern wir mal ein wenig."

Wollte der mich verarschen?

„Wüßte nicht, worüber“, knurrte ich.

„Ach, das werde ich schon rauskriegen“, antwortete er. „Ich bin Psychiater.“

Er legte auf.

Psychiater! Also wirklich! Ferrand hatte sich zwei wichtige Telefonnummern notiert: meine und die eines Psychiaters. Das Bild der nackten Marie Courtenay tauchte vor mir auf, nackt unter ihrem roten Morgenmantel, Marie Courtenay, die früher mal in psychiatrischer Behandlung gewesen war!

Ich betrachtete den Hörer in meiner Hand, ohne ihn zu sehen. Dann legte ich ihn ganz sacht auf die Gabel. Ich hatte beschlossen, mit dem Irrenarzt zu plaudern, wo er mich doch schon so nett einlud.

* * *

Die Place Denfert-Rochereau war sonnenüberflutet. Mitten auf dem Platz thronte majestätisch der grünliche Löwe von Belfort auf seinem Sockel. Das Haus, auf das ich zusteuerte, stand an der Ecke Boulevard Arago. Seine fünf Etagen beherrschten das Straßenbild. In der Apotheke im Erdgeschoß konnte ich mir nach dem Besuch beim Psychiater Aspirin besorgen. Von Gesprächen mit einem Irrenarzt bekommt man leicht Kopfschmerzen.

Ein flottes Dienstmädchen führte mich zu Dr. Dalaruc, einem etwa Sechzigjährigen mit breiter, zerfurchter Stirn und kantigem Kinn. Erinnerte mich an einen Gefängniswärter. Seine schmalen Äuglein blitzten hinter einem Kneifer, der ständig runterzurutschen drohte. Seine Geburtshelferfinger spielten mit meiner Visitenkarte, die ihm das Dienstmädchen gegeben hatte.

„Sie sind also Nestor Burma“, begann er väterlich. „Sie haben eben angerufen. Ich dachte, es handele sich um einen Scherz.“

„Ganz und gar nicht. Sie haben mir vorgeschlagen zu kommen. Hier bin ich.“

Er fing an zu lachen. Verblüfft fragte ich mich, ob immer noch derselbe Mann vor mir stand. Der Heiterkeitsausbruch veränderte völlig sein Gesicht. Offenbar hatte er das Verhalten seiner Patienten angenommen.

„Sie sind ein folgsamer Patient“, sagte er. „Kompliment. Ihr Anruf hat mich amüsiert. Sie gestatten, daß ich Sie mir etwas näher ansehe?... Hm... So verrückt sehen Sie gar nicht aus.“

„Ihnen muß ich doch nicht erzählen, wie sehr der äußere Anschein täuschen kann, Doktor“, gab ich zurück.

„Ja, ja, natürlich. Und was kann ich für Sie tun? Ich möchte Sie bitten, sich kurz zu fassen. Ich hab's eilig und...“

Er hielt es nicht für nötig, den Satz zu beenden. Meine Visitenkarte legte er auf einen Kamin, der mit seltsamen Gegenständen überladen war. Wie Jakowskis Kunstsammlung. Mit etwas vorgebeugtem Kopf stand er vor mir. Das gab dem Kneifer auf seiner Nase beinahe den Rest.

„Ich werde mich sehr kurz fassen“, beruhigte ich ihn. „Nur eine Frage.“

Er hob die Hand.

„Moment! Ich möchte Sie auch etwas fragen. Woher haben Sie meine Telefonnummer? Ich stehe schon lange nicht mehr im Telefonbuch, seit ich um zwei Uhr nachts aus dem Schlaf geklingelt wurde. Die Witzbolde fragten dann, ob ich nicht ganz schön verrückt sei, um die Zeit den Hörer abzunehmen... Und offensichtlich wußten Sie gar nicht, wen Sie anriefen, als Sie mich anriefen.“

„Stimmt! Ich wußte es nicht. Und wahrscheinlich wär ich auch gar nicht gekommen. Aber ich interessiere mich für Psychiatrie.“

„Eine faszinierende Wissenschaft, Monsieur. Also: Woher hatten Sie meine Telefonnummer?“

„Sie stand auf einem Zettel, den ich in meiner Tasche gefunden habe. Irgend jemand hat sie mir wohl zugesteckt.“

„Um Ihre Phantasie anzuregen?“

„So was in der Richtung, ja.“
„Hm... Und jetzt Ihre Frage.“
„Es geht um ein Verbrechen.“
„Das ist keine Frage und geht wohl eher die Polizei an.“
„Im Augenblick eher nicht. Aber jetzt meine Frage: Hatten Sie mal eine Patientin namens Marie Courtenay, neurotische Nymphomanin, drogenabhängige Alkoholikerin?“
„Haben Sie einen offiziellen Auftrag?“
„Nein.“
„Bedaure, dann kann ich Ihnen die Frage nicht beantworten.“
„Schweigepflicht?“
„Wenn Sie so wollen, ja. Überrascht Sie das?“
„Überhaupt nicht. So eine Antwort hatte ich erwartet.“
„Und warum haben Sie die Frage dann gestellt?“
„Um zu sehen, wie Sie darauf reagieren.“
„Und Schlüsse daraus zu ziehen?“
„Genau.“
„Und welche Schlüsse ziehen Sie aus meiner Reaktion?“
„Gar keine. Sie sind schlau, Doktor.“
Er zuckte die Achseln.
„Nicht schlauer als andere. Aber Sie scheinen sich in einem hübschen Interpretationsdelirium zu befinden, Monsieur Burma. Schade, daß ich nicht die Zeit habe, Sie zu analysieren.“
Er sah auf die Kaminuhr.
„Ich werde in Sainte-Anne erwartet. Begleiten Sie mich?“
„Ich muß unbedingt duschen. Aber das werde ich in einem öffentlichen Bad tun. Also dann, entschuldigen Sie die Störung, Doktor. Sie haben ja meine Karte. Sollten Sie...“
„Ich fürchte, ich kann Ihnen nicht von Nutzen sein“, sagte er entschieden.
„Tja...“
Wir gingen hinaus. In der Tür drehte ich mich noch mal um.
„Übrigens, Ferrand hieß der Mann, der mir Ihre Telefonnummer zugesteckt hat.“

„Ja, und?“
„Ich frage schon nicht, ob Sie ihn kennen.“
Er lächelte.
„Sehr vernünftig.“
„Bei wem kann man sich Ihre Telefonnummer besorgen?“
„Bei meinen Patienten natürlich, oder bei ihren Angehörigen. Das sind die einzigen, denen ich sie gebe. Aber erstens erzählen meine Patienten nicht unbedingt überall herum, daß sie bei mir in Behandlung sind. Zweitens verbietet mir die Schweigepflicht, Ihnen Namen zu nennen...“
„Und drittens“, setzte ich für ihn die Aufzählung fort, „würde mir das gar nichts nützen. Angenommen, ich wollte sie mir nacheinander vornehmen, dann hätte ich viel zu tun. Heutzutage herrscht kein Mangel an Verrückten.“
„Nein, wirklich nicht“, sagte er und sah mich bedeutungsvoll an.
Ich machte, daß ich wegkam. Bevor er mich in die Zwangsjacke steckte...
Draußen erklärte ich mich für verrückt. Was hatte ich aus dem Psychiater rauszukriegen gehofft? War überhaupt was aus ihm rauszukriegen? Da war ich bei der Rothaarigen bestimmt an der besseren Adresse. Ich mußte gestern völlig behämmert gewesen sein, mich von ihrem Mann vertrösten zu lassen.
Ich setzte mich wieder in meinen Wagen und fuhr zurück in die Rue des Camélias. Aus dem Haus des Malers kam kein Lebenszeichen. Ich klingelte. Keine Reaktion. Kein Mensch zu sehen. Ich begann zu schwitzen. Von zwei Schweißtropfen rührte nur einer von der Hitze her.
„Monsieur Courtenay ist nicht zu Hause, Monsieur“, sagte eine Stimme hinter mir.
Die Information (wenn man das so nennen konnte!) kam aus einem Fenster gegenüber, von einer Frau mit üppigem Busen, der auf der Fensterbank ruhte.
„Wissen Sie, wo er ist?“ fragte ich.
„Bestimmt auf dem Land“, antwortete die aufmerksame

Nachbarin. „Bei dem Wetter, nicht? Er ist heute morgen weggefahren."

Bei dem Wetter, nicht? Das galt auch für mich. Ich sollte auch aufs Land fahren. Also nahm ich Kurs auf das Chevreuse-Tal. Mein Gefühl sagte mir, daß ich mich beeilen mußte.

* * *

Ich hatte keine Ahnung, wo ich das Haus von Auguste Courtenay in Saint-Rémy-lès-Chevreuse suchen sollte. Es dauerte 'ne Ewigkeit, bis ich es endlich entdeckte. Ich stand vor einem schloßähnlichen Bau, mitten in einem kleinen Park. Das alte Ehepaar, das Marie Courtenay von klein auf kannte, war bäuerlicher, als es die Polizei erlaubt. In Seine-et-Oise scheint das wohl üblich zu sein. Mit Händen und Füßen konnte ich den beiden Leutchen verständlich machen, was ich wollte, und verstehen, was sie sagten. Endlich kapierte ich: Ja, Monsieur war mit der Kleinen gekommen, die Kleine war hier im Schloß geblieben, Monsieur war wieder weggefahren und dann wiedergekommen, nein, jetzt waren Monsieur und die Kleine nicht mehr im Schloß. Direkt aus der Eingeborenensprache übersetzt. Mit einem Satz: Ich war umsonst hierher gerast.

Auf dem Weg zurück nach Paris schimpfte ich viermal. Erst mit mir, dann mit einem Lastwagen, der mir die Vorfahrt nahm, und mit einem Citroen, den ich überholte. Und dann mit dem Himmel. Das Wetter war auch schon seit einigen Tagen zu schön gewesen. Es konnte nicht so bleiben. Immer dasselbe mit dieser Ile-de-France! Die Sonne verschwand, der Himmel bedeckte sich. Als ich durch Orsay kam, schüttete es wie aus Kannen.

* * *

Paris war noch trocken; aber nicht mehr lange. Schwarze Wolken hingen drohend über der Stadt. Die Sonnenstrahlen, die vereinzelt durchkamen, waren schmutziggelb. Es war noch einige Grade heißer geworden. Die Luft erinnerte an ein Dampfbad. Von weitem kündigten rollende Donner das nahe Gewitter an.

Und ich? Ich fuhr wieder in die Rue des Camélias. Bis vor kurzem hatte ich noch gar nicht gewußt, daß es diese Straße überhaupt gab. Jetzt kannte ich sie besser als meine Westentasche. Ich hatte kein Ahnung, wohin das Ehepaar Courtenay gefahren war. In ihr Haus jedenfalls nicht. Fluchend machte ich mich dünne.

So langsam war es an der Zeit, Monsieur Gaudebert Bericht zu erstatten. Diese eingebildete Wache auf dem Postamt konnte von mir aus noch 'ne Weile dauern. Wenn ich's geschickt anstellte, konnte das meine Rente sein. Besser also, ich spielte weiterhin den Eifrigen.

Boulevard Brune, Boulevard Jourdan. Ich hielt vor dem gemütlichen Café gegenüber der *Cité universitaire*. Dort treffen sich alle Nationalitäten und alle Rassen unter dem Zeichen von Coca-Cola, Flipper und sonstigem. Nachdem ich mir einen eiskalten Aperitif genehmigt hatte, machte ich mich auf die Socken zur Rue du Douanier.

12

Gewitterneigung

Der ehemalige Oberstaatsanwalt empfing mich wieder in seinem Arbeitszimmer. Die hübsche Rote mit den goldbraunen Augen war bei ihm. Sie trug einen anderen Rock als neulich, aber denselben weißen Jerseypullover, der ihre Brust so hübsch hervortreten ließ. Sie sah zum Anbeißen aus, Madame Gaudebert. Wie ich die beiden, Madame und Monsieur, so vor mir sah, fühlte ich mich unangenehm berührt, so als wäre ich zu kurz gekommen. Das hat man davon, wenn man zu einem Psychiater geht!

„Ah! Monsieur Burma!" rief Monsieur Gaudebert mir entgegen und stand auf. „Ich glaube, Sie haben meine Frau bereits kennengelernt. Aber ich bin nicht dazu gekommen, Sie einander vorzustellen. Henriette, das ist Monsieur Burma."

Henriette schenkte mir ihr zauberhaftestes Lächeln. Während wir die üblichen Höflichkeiten austauschten, schielte ich unauffällig auf ihre Hand. Vielleicht war ihr bei dem Wetter der Ehering zu heiß geworden. Jedenfalls trug sie keinen.

„Nun", begann Gaudebert und setzte sich wieder hinter seinen Schreibtisch. Henriette blieb neben ihm stehen. „Also, sind Sie weitergekommen?"

Schweißtropfen perlten auf seiner breiten Stirnglatze. Vor seinem Blick hatten die Angeklagten früher den Kopf gesenkt, bevor er ihn gefordert und bekommen hatte. Jetzt flackerte in diesem Blick eine Spur Unruhe.

„Sie können vor meiner Frau offen reden", fügte er hinzu, als er sah, daß ich zögerte. „Sie weiß Bescheid."

„Nichts Neues", verkündete ich. „Nur daß man mich auf

dem Postamt so langsam schief ansieht. Aber kein Ferrand, weder gestern noch heute.“

Gaudebert runzelte die Stirn. Das verkrampfte Lächeln im Mundwinkel verstärkte sich. Aufmerksam lauschte er dem dumpf rollenden Donnern über L'Haÿ-les-Roses.

„Das gefällt mir gar nicht“, murmelte er schließlich. „Das ist nicht normal.“

Im Gegenteil: das war völlig normal. Aber ich sagte es ihm natürlich nicht. Ich lächelte:

„Nichts Neues ist 'ne gute Nachricht.“

Er ließ mich alleine lächeln.

„Der Meinung bin ich nicht. Ich finde es nicht normal, daß der Mann nicht in Erscheinung tritt. Was sollen die Anweisungen, wenn er sich selbst nicht an sie hält. Das macht mich unruhig...“

Ich zuckte die Achseln:

„Er ist vorbestraft. Könnte sein, daß er mit dem einen oder anderen Gesetz in Konflikt geraten und dem Arm dieses Gesetzes in die Falle gelaufen ist. Wie gesagt: Ich kann das nachprüfen, wenn Sie's wünschen.“

Er hörte mir anscheinend nicht zu.

„Ich möchte wissen“, sagte er, wie zu sich selbst, „ob der Mann nicht irgend etwas im Schilde führt... etwas, das ich nicht verhindern kann... Es ist nicht normal, daß sich ein Erpresser nicht an seine eigenen Anweisungen hält“, wiederholte er.

Monsieur Gaudebert war so durcheinander, daß er mich und sogar sich selbst vergaß. Seine rechte Hand wanderte vom Schreibtisch zur Hüfte seiner Frau, streichelte sie mechanisch. Die junge Frau erschauerte, preßte die Lippen zusammen. Ein Anfall von Scham oder so. Dann fing sie sich wieder, nahm die Hand ihres Mannes und unterbrach so das Streicheln. Dabei sah sie aus dem Fenster. Ein heftiger Wind hatte sich plötzlich erhoben und fegte durch die Bäume des Parc Montsouris. Gaudebert kam wieder zu sich und zog seine Hand zurück.

„Gut“, sagte er. „Ja, prüfen Sie das bei der Polizei nach. Wir müssen Klarheit haben. Aber seien Sie vorsichtig: keinen Namen, haben Sie mich verstanden?“

„Ich geb Ihnen mein Wort.“

Ich wischte mir mit meinem Taschentuch den Schweiß von Stirn und Nacken.

„Entschuldigen Sie“, sagte ich. „Aber es ist so schwül.“

Er nickte verständnisvoll.

„Und wenn dieser Ferrand nicht eingesperrt ist, beobachte ich weiter den Schalter für postlagernde Sendungen?“ fragte ich nach.

„Was können wir sonst tun?“

„Tja, stimmt.“

Gaudebert stand auf. Seine Frau trat zur Seite, um ihn vorbeizulassen.

„Ich bring Sie hinaus“, sagte er.

Ein Blitz zuckte durch die Wolken. Kurz darauf folgte der Donner.

„Hm... Ich glaube, Sie werden einen Guß abbekommen.“

Hörte sich nicht nach ’ner Einladung zum Essen an. Ich erwiderte, das mache mir nichts aus, verbeugte mich zum Abschied vor der jungen Frau und ging mit dem ehemaligen Oberstaatsanwalt nach unten.

„Wenn also dieser Ferrand nicht eingesperrt ist, warte ich im Postamt auf ihn. Wie gehabt. Aber... ’ne richtige Arbeit ist das nicht. Wenn ich den Hintergrund dieses Erpressungsversuchs kennen würde...“

Mit absoluter Aufrichtigkeit antwortete mein Klient:

„Monsieur Burma, ich habe nicht die geringste Idee.“

Die ersten dicken Tropfen fielen auf den knochentrockenen Bürgersteig der Rue Nansouty.

Hätte der Brief des Erpressers mit den ausgeschnittenen Buchstaben nicht den Namen Ferrand genannt, dann hätte ich den Erpresser nicht lange suchen müssen. Henriette liebte ihren Mann nicht übermäßig. Sie hätte gut das ganze Theater in Szene setzen können, um ihm das Leben zu versauern.

Im Flur hing ein Spiegel. Eigentlich sollte er Neugierigen nicht die Arbeit erleichtern, sondern den Gästen ermöglichen, sich etwas zurechtzumachen. Der Spiegel hing über dem Schirmständer. In ihm spiegelte sich die Treppe und ein Teil der Galerie. Und als ich hinuntergegangen war, hatte ich gesehen...

Sie war nach uns aus dem Arbeitszimmer gekommen. Sie stand oben auf der Galerie. Ihre Hände krampften sich um das Eichengeländer. Durch eine schmale Öffnung fiel Licht auf ihr hartes Gesicht. Mit befriedigtem Haß in den Augen sah sie ihrem Mann hinterher.

Nun, ich konnte mich irren. Vielleicht hatte der Spiegel einen Fehler, und bei dem schwülen Gewitterwetter...

Viele Leute reagieren darauf. Das greift die Nerven an. Trotzdem, wenn im Brief nicht der Name Ferrand gestanden hätte...

13

Der Gerechtigkeit ist Genüge getan

Das Gewitter kam wie eine Steuererleichterung nieder. Den vier dicken Tropfen auf die heißen Steine der Rue Nansouty folgten keine weiteren mehr. Der Niederschlagsmesser von Montsouris – das Prunkstück der Kopie des Palais du Bardo, die seit der Weltaustellung 1867 im Park steht – konnte seinen Durst nicht stillen. Die bleifarbenen Wolken jedoch blieben über Paris auf ihrem Posten und verlegten den Einbruch der Nacht vor. Hin und wieder zuckte ein Blitz auf, gefolgt von himmlischem Donnern.

Ich aß 'ne Kleinigkeit im Babel. Dann machte ich mal was ganz anderes: ich fuhr in die Rue des Camélias. Jetzt war Auguste Courtenay tatsächlich zu Hause. Prompt öffnete er mir auf mein Klingelzeichen hin. Ich weiß nicht, ob der Staat ihm die Aufträge gestrichen oder man ihm geraten hatte, von nun an Picasso zu imitieren. Jedenfalls war sein komisches Gesicht ein ziemlich komisches Gesicht.

„Ah! Monsieur Burma!“ rief er. „Das trifft sich gut. Kommen Sie…“

Ich folgte ihm.

„Ich wollte Sie gerade anrufen, Monsieur Burma. Meine Frau ist verschwunden.“

Ich runzelte die Stirn.

„Von wegen“, sagte ich. „Ich hab die Schnauze voll von dem Versteckspiel. Aus dem Alter bin ich raus. Ich fahre hierher: Niemand da! Ich rase nach Saint-Rémy: Fehlanzeige! Ich komme wieder hierher zurück und… Jetzt reicht's! Hab sowieso schon viel zuviel Zeit verloren. Wo ist Ihre Frau?“

„Aber wenn ich's Ihnen doch sage! Sie ist verschwunden", antwortete er mit kummervollem Gesicht.

„Wieder ein kleiner Ausflug?"

„Verdammt nochmal! Nennen Sie's, wie Sie wollen. Jedenfalls ist Marie schon 'ne ganze Zeit nicht mehr in ihrem Zimmer."

Sah wirklich nicht so aus, als wollte er mich verarschen.

„Wo kann sie sein?" fragte ich.

„Was weiß ich, wo sie immer hingeht, wenn sie abhaut?"

Ich holte meine Pfeife raus, um Haltung zu bewahren. Aber plötzlich war's mir so, als hätte ich einen Kater. Rauchen kam nicht in Frage.

„Erzählen Sie", sagte ich.

„Da gibt's nicht viel zu erzählen."

„Was haben Sie den Tag über gemacht?"

Er berichtete in abgehackten Sätzen. Viele Wiederholungen, Rückblenden, Exkurse. Im großen und ganzen kam folgendes dabei raus: Er hatte beschlossen, seine Frau so schnell wie möglich nach Paris zurückzubringen, damit ich mit ihr sprechen konnte und der ganze Spuk ein Ende hatte. Er vertraute mir nämlich. Direkt morgens war er nach Saint-Rémy gefahren. Einen Großteil des Tages hatten sie dort verbracht, bevor sie in aller Ruhe nach Paris gefahren waren. Marie hatte den Eindruck gemacht, als ginge es ihr besser. Nur noch etwas müde, nervös, aufgewühlt. In der Rue des Camélias dann hatte der Maler noch etwas gewartet, bevor er mich anrufen wollte. Und seine Frau war in ihr Zimmer gegangen, um sich noch etwas auszuruhen...

„Ich bin in mein Atelier gegangen. Wieviel Zeit vergangen war, weiß ich nicht mehr; aber als ich in ihr Zimmer kam... war niemand mehr da! Verdammt! Sie hat seit achtundvierzig Stunden keinen Mann mehr gehabt. Bestimmt länger, als sie's aushalten kann..."

„Tja... Haben Sie ihr gesagt, warum Sie sie zurück nach Paris bringen wollten? Haben Sie ihr von mir erzählt?"

„Ja."

„Wie?“

„Daß ich Vertrauen zu Ihnen habe. Und daß sie es auch haben könne. Daß Sie ihr ein paar Fragen stellen wollen, daß Sie aber keinen offiziellen Auftrag haben. Und selbst, wenn sie schuldig ist: daß Sie nicht der Mann sind, der sie aufs Schafott bringt.“

„Und wie hat sie darauf reagiert?“

„Sie schien erleichtert, war einverstanden, mit Ihnen zu sprechen. Übrigens, meine Frau hat den Mord nicht begangen. Sie hat mir erzählt, wie's passiert ist. Sie war stockbetrunken gewesen, dazu mit Drogen vollgepumpt. Sie kam aus einem Zimmer, um irgendwo hinzugehen. Und als sie zurückkam, hat sie sich in der Tür geirrt. Sie stolperte über einen Körper. Eine Leiche, blutüberströmt. Sie schreit auf, rennt weg, so wie sie ist, halbnackt, jetzt ebenfalls blutbeschmiert...“

„Möglich. Aber warum, zum Teufel, ist sie wieder abgehaun? Ja, ich weiß, das macht sie oft. Aber trotzdem... Wie kommt es übrigens, daß Sie nicht gehört haben, als sie das Haus verließ?“

„Mein Atelier ist schalldicht abgeschirmt, damit ich ungestört arbeiten kann.“

„Und sie ist einfach durch die Tür hinausgegangen? Nicht durchs Fenster?“

„Durch einen ehemaligen Lieferanteneingang. Die Tür stand noch offen. Wollen Sie sich's ansehen, Monsieur Burma?“

„Ich bin nicht Sherlock Holmes“, sagte ich achselzuckend. „Die Lage des Kopfkissens und der Öffnungswinkel der Tür verraten mir nicht die Haarfarbe des Mannes, mit dem Ihre Frau sich treffen wollte... falls sie überhaupt jemanden treffen wollte. Vorgestern nacht jedenfalls hatte sie jemanden getroffen. Hat sie Ihnen den Namen ihrer Zufallsbekanntschaft nicht genannt?“

„Ich habe sie nicht danach gefragt“, sagte er tonlos. „Ich frage sie nie danach.“

Wir schwiegen eine Weile. Wie ein Tiger im Käfig lief Courtenay im Zimmer auf und ab. Langsam wurde es dunkel. Der Maler knipste eine Stehlampe mit einem riesigen gelben Schirm an. Nervös blickte er um sich, als hätte das Licht seine Frau angelockt. Ein Donner rollte näher.

„Es gibt Regen“, sagte Courtenay, um was zu sagen.

„Eben hat's schon gedonnert“, sagte ich, ebenfalls um was zu sagen.

„Nein“, belehrte er mich. „Das war der Zug von Citroën, unten, auf den Schienen der ehemaligen Ringbahn. Wenn man ihn so deutlich hört, gibt's Regen.“

Ein Pfiff zerriß die Stille, gefolgt vom Knall aufeinanderstoßender Pfuffer.

„Doch, man hört's ziemlich deutlich“, bemerkte ich.

„Offensichtlich ein Unfall.“

Wir sahen aus dem Fenster, konnten aber nichts erkennen. Dafür hörten wir Getrappel auf der Brücke. Ein Arbeiter im Blaumann rannte auf die Rue des Camélias. Er sah uns und rief:

„Kann ich mal telefonieren? Muß die Polizei alarmieren...“

„Kommen Sie rein“, rief Courtenay und zeigte auf die Tür.

Kurz darauf stand der Arbeiter im Zimmer. Schweißglänzend, dreckverschmiert, darunter blaß.

„Ein Unfall“, keuchte er. „Hat sich einer vor meine Lok geschmissen... 'ne Frau... Scheiße, Scheiße...“

„Scheiße“, ergänzte ich.

* * *

Sie war kaum wiederzuerkennen. Aber es gab keinen Zweifel. Der schöne Körper von Marie Courtenay würde nicht mehr in leidenschaftlichen Umarmungen erbeben. Einige Verrückte fühlten sich aber immer noch von ihm angezogen. Etwa zehn Neugierige stierten die verstümmelten Überreste an. Solche unersättlichen Gaffer tauchen immer aus dem Nichts auf, wenn es irgendwo ein Blutbad gibt. Übrigens sind sie auch Stammgäste im Schwurgericht und bei Hinrichtungen.

Das Unglück hatte sich direkt vor dem Tunnel ereignet. Sie mußte wohl in einer Mauernische gestanden und sich unter die Räder geworfen haben. Jedenfalls hatte der Lokführer das so gesehen. Er war völlig fertig.

„Ich konnte den Zug nicht mehr zum Stehen bringen", versicherte er. „Es war zu spät."

Wir sahen uns die Mauernische an. Der Boden war mit Altpapier und Stroh übersät.

„Im Winter", erklärte einer der Flics, „kommen Clochards hierher. Gehen durch das Loch in der Böschung. Wenn sie besoffen sind, ist das weniger gefährlich, als über die Gleise zu gehen."

„Dies hier ist aber kein Clochard", warf ich ein.

„Sie sollen weitergehen", knurrte der Flic.

„Ich bin ein Zeuge. Ohrenzeuge. Ich bin mit dem Mann der Toten gekommen."

„Stimmt. Aber alle anderen, bitte weitergehen! Sonst fordere ich Verstärkung an."

Wir gingen wieder zum Lokführer.

„Es war zu spät zum Bremsen", versicherte der wieder.

„Verdammt nochmal! Es gibt doch genug andere Züge..."

Er zeigte in Richtung Montparnasse mit den vielen Linien.

„... Ausgerechnet meinen muß sie sich aussuchen! Verdammte Scheiße!"

„Ich muß Sie um etwas Anstand bitten", mahnte der Flic und starrte in sein ausgefranstes Notizbuch, das er in der Hand hielt. Sah aus, als lese er seinen Text ab. „Schließlich liegt hier eine Tote... Wo ist Ihr Maschinist?"

„Kotzen."

Der Flic verzog das Gesicht.

„So wird's uns auch gehen. Wir sollten uns entfernen. Die Leiche wird schon nicht verschwinden. Weitergehen, verdammt nochmal!"

Der Flic stolperte über den Schotter. Zeugen und Schaulustige folgten ihm. Auf der Brücke hatten sich noch weitere Neugierige eingefunden.

„Also“, sagte der Flic und sah wieder in sein Notizbuch. „Die Tote heißt Marie Courtenay, wohnhaft Rue des Camélias, indentifiziert von ihrem Mann, Monsieur Auguste Courtenay, und von Monsieur Nestor Burma, Privatdetektiv.“ Er sah mich an. „Das erste Mal, daß ich einen sehe... Gut. Sie waren bei Monsieur Courtenay, als...“

„... der Lokführer gerannt kam, telefonieren wollte und uns von der Katastrophe berichtete.“

„Und dann sind Sie an die Unfallstelle gegangen usw. Gut. Sind Sie ein Freund der Familie?“

„Ja.“

„Gut.“ Er wandte sich an den Eisenbahner. „Haben Sie bei Ihrer Dienststelle Bescheid gesagt?“

„Ja. Sie schicken jemand.“

„Gut. Wo ist Monsieur Courtenay?“

„Zu Hause,“ antwortete ich. „Und wenn es Ihnen nichts ausmacht, würde ich gerne zu ihm gehen.“

„Tun Sie das. Vielleicht will der Kommissar Sie noch vernehmen, aber ich, im Moment... Was haben Sie denn eigentlich gesehen?“

„Überhaupt nichts.“

„Dachte ich mir“, sagte der Flic verächtlich. „Privatdetektiv!“ Er sah in seinem Notizbuch nach, ob es eine Antwort für Privatdetektive gab. „Zum Glück haben wir bei uns hellere Köpfe... He! Was ist los, Ernest?“

Einer dieser hellen Köpfe kam angelaufen: der zweite Flic, den wir unten am Tunnel vergessen hatten. Er hielt ein blutverschmiertes Stück Papier in der Hand.

„Hab ich in ihrer Jackentasche gefunden“, rief der Flic Nr. 2. „Hör dir das an: *Niemand ist für meinen Tod verantwortlich. Ich schäme mich. Ich habe den Mann in der Rue Blottière getötet.* Stell dir das mal vor!“

„Was soll das heißen, der Mann in der Rue Blottière?“

„Keine Ahnung. Müssen mal hingehen und nachsehen.“

„Und helle sein“, fügte ich hinzu.

Der Flic mit dem Notizbuch sah mich schräg an.

„Warum das denn?“

„Tja... weiß ich auch nicht. Aber das sind jetzt schon zwei Leichen...“

„Sehr scharfsinnig für einen Privatdetektiv!“ sagte der Flic lachend. „Man kann richtig Angst kriegen!... Sie bringt einen Kerl und danach sich selbst um. Das heißt...“

Er sah wieder in sein Notizbuch. Ehrenwort! Diesmal war ich ganz sicher, daß der Satz dort drin stand:

„Der Gerechtigkeit ist Genüge getan!“

14

Die über Leichen stolpern...

Ich ging ins Haus, zurück zu Auguste Courtenay. Er saß in einem Sessel, den glasigen Blick auf eins der Bilder seiner Frau gerichtet, vor sich eine Flasche Gin. Er ersäufte seinen Kummer und seinen Ärger. Ohne Umstände nahm ich ihm das Glas aus der Hand und verpaßte mir eine ordentliche Portion. Von ihm kam kein Widerspruch. Stattdessen sah er mich mit seinen wässrigen Augen an und lallte:

„Dassiss alles Ihre Schuld."

„Reden Sie keinen Scheiß", entgegnete ich. „Hätten Sie sie mal besser am Bettpfosten angekettet..."

„Dassiss gegen meine Prissipien."

„Gegen meine auch. Arme Schweine, die so was machen müssen. Aber da Sie kein Schwein sind – und schon gar kein armes –, werden Sie bestimmt was für Ihre Frau tun wollen."

Er lachte bitter.

„Siess tot."

„Man wird sie wegen eines Mordes anklagen, den sie nicht begangen hat", sagte ich.

„Weissich selbst, dassie ihn nich begang hat. Aber Sie..." Er zeigte mit dem Finger auf mich. „... Sie haben gesacht..."

„Lassen Sie mich mal machen. Nicht weit von Ihrem Haus in Saint-Rémy-lès-Chevreuse hab ich einen Teich entdeckt. Und ganz in der Nähe fließt die Yvette vorbei. Und direkt auf Ihrem Grundstück, gibt es da nicht einen Brunnen?"

„Ja."

„Und in einer Schublade ein oder zwei Revolver. Und vielleicht sogar ein Jagdgewehr. Tod den Ratten auf dem Dachboden."

„Klar, auf dem Lande..."
„Und gestern war sie den ganzen Tag über alleine dort?"
„Mit den Marchaux."
„Den Marchaux? Ach ja, das Ehepaar. Aber sie mußte nicht unbedingt im Bett bleiben? Die beiden Alten haben nicht Wache gehalten?"
„'türlich nicht."
„Sie konnte sich also frei bewegen?"
„Ja."
Ich lachte.
„Sie hatte all diese Mordwerkzeuge bei der Hand, außerdem den ganzen Tag Zeit, sie auch zu benutzen. Und dann hat sie gewartet, bis sie wieder hier war, hat sich vor dem Tunnel versteckt, auf den Zug gewartet, der gar kein richtiger ist, um sich dann unter die Räder zu schmeißen?"
„Hm..." knurrte er. Seine gar nicht mehr glasigen Augen blitzten böse. „Ich verstehe, was Sie damit sagen wollen. Sie täten besser daran, sich nicht länger den Kopf zu zerbrechen. Damit kommen Sie sowieso nicht weiter. Gestern wußte Marie noch gar nicht, daß Sie hinter ihr her waren."
„Aber Sie haben mir doch eben gesagt, sie sei mit allem einverstanden gewesen..."
„Weissich nich mehr", lallte er wieder.
Er schnappte sich die Flasche und setzte sie sich an den Hals.
„Wer hat sich damals um sie gekümmert?" fragte ich. „Ich meine: welcher Psychiater?"
„Dr. Delanglade."
„Delanglade oder Dalaruc?"
„Delanglade. Wer ist Dalaruc?"
„Weiß ich selbst nicht genau."
Ich schielte zur Ginflasche. Er hatte sie aber schon geschafft.
„Ich glaub, ich mach jetzt mal Spurensicherung", sagte ich.
„Wird auch höchste Zeit", fauchte der Hofmaler.

Er schmiß die leere Flasche in die Ecke, stand auf und holte Nachschub.

„Genau“, sagte ich. „Ziehen Sie sich die Kapuze schön zu. Aber hören Sie mit mit dem Restchen Verstand noch kurz zu: Sie haben mich angerufen, weil Ihre Frau vorgestern nacht in einem traurigen Zustand nach Hause gekommen ist. Sie haben befürchtet, daß sie in eine üble Geschichte verwickelt war. Mehr wissen Sie nicht, o.k?“

„Verschwinden Sie“, zischte er.

Ich ließ ihn mit dem Gin alleine und ging erst mal ins Zimmer der Toten. Nichts zu ernten. Dann ging ich den Weg, den die junge Frau genommen hatte. Das Schloß des ehemaligen Lieferanteneingangs war frischgeölt. Von außen, so als hätte man es für einen Passepartout oder einen Dietrich präpariert. Eine kleine Vorarbeit, die nach den Ratten von Montsouris aussah.

Ich ging zurück zu Courtenay. Er schlief schon halb.

„Sie hatten recht“, sagte ich. „Ihre Frau hatte schon seit achtundvierzig Stunden keinen Mann mehr gehabt. Länger, als sie's aushalten konnte.“

„Haun Sie ab“, knurrte er.

Ich gehorchte.

Ich kam gerade noch vor dem Gewitter nach Hause. Es hatte sich endlich entschieden. Ich stellte das Telefon ab und ging schlafen. Der Regen begoß meine verschwommenen Gedanken.

* * *

Ich schlief spät ein und wachte spät auf. Als ich das Telefon wieder anstellte, klingelte es sofort. Überraschte mich gar nicht. Erstens hatte ich dem Flic des 14. – dem hellen Kopf! – meinen Namen genannt, und zweitens war Courtenay inzwischen auch wieder auf den Beinen. Ich nahm den Hörer ab. Das wohlklingende Organ von Kommissar Faroux dröhnte an mein Ohr. Überraschte mich noch viel weniger.

„*Salut*. Nestor."
„*Salut*, Florimond."
„Haben Sie mich erwartet?"
„So ungefähr."
„Dann haben Sie doch bestimmt genug Märchen auf Lager, mit denen Sie mich glücklich machen können", lachte er. „Sie wissen doch, ich liebe Ihre Geschichten."
Ich beglückwünschte mich insgeheim zu seiner guten Laune.
„Ja", lachte ich zurück. „Sie brauchen sich nur eins auszusuchen. Das beste ist gerade gut genug für Sie."
„Vielen Dank. Und jetzt Schluß mit dem Quatsch. Ist viel zu heiß dafür, trotz Gewitter. Immer noch diese Affenhitze. Also... Gestern abend hat sich eine junge Frau..."
Und er schilderte mir den Tod von Marie Courtenay, so als wär mir das alles völlig neu gewesen.
„Sie waren am Unglücksort", schloß er seinen Bericht.
„In der Nähe, ja."
„Warum?"
„Madame Courtenay war Nymphomanin. Immer auf der Jagd, immer auf Wanderschaft. Neulich nachts kam sie blutverschmiert an den heimischen Herd zurück. Ihr Mann hat sich Sorgen gemacht. Sie wissen doch, wer ihr Mann ist, oder?"
„Ja."
„Er lebte immer in der Angst, sie hätte bei ihren Eskapaden irgendeinen Scheiß machen können. Wie ich gehört hab, hat sie schon ein- oder zweimal Ärger gekriegt."
„Riesenärger, ja."
„Kurz und gut, ich sollte mir das mal aus der Nähe ansehen. Hat sein Goldstück zur Beruhigung aufs Land geschickt. Dann hat er sie wieder nach Paris geholt, damit ich mit ihr reden konnte. Als ich bei ihm aufkreuzte, war sie schon wieder unterwegs. Kurz darauf war's so weit. Sie wissen, wie ich's erfahren habe."
„Ja."

Ich hörte, wie Faroux mit Papier raschelte.

„Ja", wiederholte er. „Kommt hin. So ungefähr dasselbe hat Courtenay den Kollegen heute nacht erzählt. Er war sternhagelvoll, konnte aber noch reden. Sehr gut. Und mehr gibt's nicht zu erzählen? Ich will keinen Ärger mit Ihnen haben, verstanden?"

„Werden Sie nicht kriegen", beruhigte ich ihn.

„Hoffentlich nicht."

Ich stieß einen Seufzer der Erleichterung aus, unhörbar für den Kommissar. Dann sprach ich wieder in die Muschel:

„Für mich ist die Sache damit erledigt. Sie verfolgen jetzt die Spur... wenn's eine gibt."

„Es gibt eine."

„Ach, der Zettel, den man in ihrer Tasche gefunden hat? Hat sie tatsächlich einen Mord begangen?"

„Nicht auszuschließen. Jedenfalls wußte sie, daß in der Rue Blottière einem Kerl namens Ferrand die Kehle durchgeschnitten worden ist. Und wir wußten es nicht. Die Kollegen des 14. sind sofort in die Rue Blottière gerast. Gerade rechtzeitig zur Ausgrabung der Leiche."

„Ausgrabung?"

„Auskohlung, wenn's Ihnen besser gefällt. Der Tote lag unter einem Kohlehügel gleich neben den Gleisen von Montparnasse. Kinder waren gerade dabei, Kohle zu klauen..."

„Haben die gefroren?" lachte ich.

„Und der nächste Winter?" fragte Faroux zurück. „Meinen Sie, dann ist es dreißig Grad im Schatten?"

„Stimmt auch wieder. Also, die Kinder..."

„... haben Kohle geklaut und dabei die Leiche entdeckt."

„Und Madame Courtenay hatte sie unter die Kohle geschoben?"

„Warum nicht?"

„Prima!" rief ich. „Machen Sie sich nur über mich lustig! Daß die Frau ein Klasseweib war, wußte ich. Aber anscheinend war sie auch noch ein Riesenweib. 'Ne Mordsarbeit. Die schwere Leiche, tonnenweise Kohlen..."

„Von weitem sieht es so aus. Aber wenn man ein Brett wegzieht, fällt der Hügel in sich zusammen. Ein Kinderspiel, mit so einem System ..."

„Wenn Sie's sagen!"

Ich hätte noch gerne ein paar Fragen gestellt. Aber das wär verdächtig gewesen.

„Na dann, *salut*, Faroux."

„*Salut*, Burma."

Ich legte auf und ging runter auf die Straße, um die neuesten Zeitungsausgaben zu kaufen. Beim Frühstück im Bistro blätterte ich sie durch.

Sie berichteten nur ganz kurz über den Selbstmord. Kein Wort über den Bekennerbrief, den man in der Jackentasche von Marie Courtenay gefunden hatte.

Ausführlicher waren da schon die Berichte über den Mord an Ferrand. Vor allem im *Crépuscule*. Freund Covet hatte ordentlich zugeschlagen. Die Entdeckung seiner Leiche (der von Ferrand!) war reichlich geheimnisvoll. Die Kinder behaupteten, ein Araber habe sie veranlaßt, die Leiche auszugraben. Als ein Schuh des Toten zum Vorschein gekommen war, hatte der Araber die Aufregung der Kinder genutzt und sich aus dem Staub gemacht. Allerdings konnte man den Kindern nicht blind glauben. In diesem Viertel hat sich nach und nach eine nordafrikanische Kolonie ausgebreitet. Hotels, Bistros, Lebensmittelläden, beinahe alles war in ihrer Hand. Die Alteingesessenen betrachteten die Araber nicht grade liebevoll. Sie schoben ihnen die übelsten Rollen zu. Und das färbte natürlich auf die Kinder ab. Jedenfalls war Ferrand mit einem Rasiermesser enthauptet worden. Und vom Rasiermesser, schrieb Covet, könne man messerscharf auf einen Araber schließen. Ein scharfes Messer, ein scharfer Schluß. Außerdem hatten die Kinder noch angegeben, der Araber sei ihnen bekannt gewesen. Er wohne in der Rue Blottière, in einem Haus direkt bei den Kohlehügeln. Das Haus war durchsucht worden. Aber seit ein paar Stunden wohnten Obdachlose in der Bruchbude. Die Vormieter waren verschwunden. Es wurde weitergesucht, allerdings mit wenig Hoffnung. Der Besitzer der Bruchbude wohnte an der Porte de Vanves (in einer etwas ansehnlicheren Behausung!). Er konnte keine näheren Angaben über seine ausgeflogenen Mieter machen. Hatte zwar eine Liste mit Namen, aber die sagte über den aktuellen Stand so gut wie nichts aus. Eine Flut von undurchsichtigen Leuten strömte durch die einzelnen Zimmer und haute wieder ab, sobald sich was Besseres gefunden hatte. Der Journalist gestattete sich einen Exkurs über die Wohnungsmisere. In Paris gebe es viele Häuser, schrieb er, in denen die ehrenwertesten Bürger wohnten, aber nicht polizeilich gemeldet seien. Sie übernähmen die Wohnungen von Freunden, die sie wiederum schon ihrerseits von Freunden übernommen hätten, auf deren Namen die Mietquittungen ausgestellt seien. Mit anderen Worten: die ausgeflogenen Vögel wiederzufinden, sei so gut wie unmöglich. Es sei denn, man nehme sich geduldig die Bekannten des Toten vor...

Als die Leiche unter der Kohle hervorgezogen wurde, hatte sie noch keinen Namen gehabt. Keine Papiere, kein Wäschezeichen. In den Taschen war nichts, aber dafür an den Händen: seine Fingerabdrücke. Die Goldjungen vom Quai des Orfèvres hatten sie im Handumdrehen identifiziert.

Der Tote hieß Ferrand. Ohne Vornamen, wie *Chocolat Menier.* Seine nachlässigen Eltern hatten nicht nur vergessen, ihm einen zu geben, sondern waren auch noch völlig unbekannt. Wahrscheinlich um dem fehlenden Vornamen etwas entgegenzusetzen, hatte er während seines abenteuerlichen Lebens unter den Namen Courtois und Malbec „gearbeitet". Aber als Ferrand hatte er kurz vor dem Krieg zur Bande eines gewissen Castellenot gehört. Dieser Castellenot wurde so lange für einen Gentleman-Gauner gehalten, bis er zwei Leute bei einem Einbruch tötete. Bei diesem Coup war Ferrand nicht dabei. Jedenfalls konnte man ihm nichts beweisen. Vor fünf Jahren dann hatte er eine ebenso lange Strafe kassiert. Seit ein paar Monaten lief er wieder frei rum.

Ich ging zurück in meine Wohnung, Zeitungen in der

Hand, Pfeife im Mund. Schon klingelte wieder das Telefon. Hélène, meine Sekretärin.

„Hallo, Chef! Fragte mich, wo Sie stecken", sagte sie.

„Das fragen Sie sich aber ziemlich oft, mein Schatz."

„Was dagegen?"

„Dumme Gans! Haben Sie brav in den Archiven gewühlt?"

„Ja. Und Zeitung hab ich auch gelesen. Die von heute morgen. So hat man also Ferrand gefunden! Haben Sie nachgeholfen?"

„Seien Sie um Gottes willen etwas vorsichtiger! Vielleicht wird das Telefon abgehört! ... Sehe ich aus wie ein Araber?"

„Nein, stimmt. Und Madame Courtenay?"

„Wie die aussieht, sag ich Ihnen besser nicht! Das haben Sie doch auch gelesen, oder? Werd's Ihnen lang und breit erzählen."

„Kommen Sie schnell!"

„Aber nicht ins Büro. Florimond Faroux hat mich schon angerufen. Wenn der erfährt, daß ich Ferrand häufiger getroffen habe und wir so was wie alte Bekannte waren, hab ich keine ruhige Minute mehr. Er wird hier anrufen, im Büro, wird mir seine Leute auf den Hals schicken. Ganz zu schweigen von Marc Covet."

„Der hat schon dreimal angerufen."

„Sehen Sie! Von denen kommt sowieso nichts Gescheites, nur Ärger! Ich werd besser mein Büro nach draußen verlegen, vorübergehend. In den Parc Montsouris oder auf eine Caféterrasse. Das schöne Wetter wird nicht mehr lange dauern! Also, kommen Sie mit Ihren Informationen ins Babel, Boulevard Jourdan. Ganz in der Nähe von Gaudeberts Wohnung. Macht aber nichts. Dem kann ich jetzt sowieso nicht mehr erzählen, daß ich auf dem Postamt Wache schiebe. Er hat bestimmt aus der Zeitung von Ferrands Tod erfahren. Wie alle."

„Genau, auf..."

„... bald."

Ich fuhr zum Babel. Kurz darauf kam Hélène; in einem hocheleganten Kleid, das ich noch nicht kannte.

15

Das letzte Opfer der Ratten

Schweigend gingen wir in den Park. Unter den leblosen Blicken der Statuen auf dem Rasen und den gleichgültigen der städtischen Angestellten, die den Durst des Rasens löschten, schlenderten wir zum See.

Ich schilderte meiner Sekretärin die Tragödie der armen Marie Courtenay.

„War's tatsächlich Selbstmord?“ fragte Hélène.

„Ein Selbstmord, bei dem eine Frau in Stücke gehackt wird“, antwortete ich lachend.

„Kaum zu glauben!“

„Eben! Man hat eine unbequeme Zeugin aus dem Weg geräumt. Marie hat Ferrand nicht getötet. Sie war nicht mal dabei. Aber sie hätte wertvolle Hinweise liefern können. Der oder die Mörder haben ihre Spur verfolgt...“

„Wie denn?“

„Ach, das war sehr einfach. Marie kannte wohl nie oder doch nur höchst selten die Namen ihrer Zufallsbekanntschaften. Vielleicht mal hier und da einen Vornamen, mehr nicht. Aber die Männer wußten bestimmt, mit wem sie's zu tun hatten. Alles Leute, die in den Taschen anderer rumwühlen. Sozusagen ein angeborenes Bedürfnis. Und auf ihren Ausflügen hatte Maria Magdalena ihre Handtasche dabei. Aber als sie in der Nacht aus dem Abbruchhaus wegrannte – nackt, verrückt vor Angst, weil sie gerade über eine noch warme Leiche gestolpert war –, da hat sie ihre Tasche zurückgelassen. Außer Fotos war bestimmt ein Ausweis oder sonst ein Hinweis auf ihren Namen und ihre Adresse drin. Neulich hab ich einen Kerl überrascht, der Courtenays Haus beobachtete. Leider ist er mir entwischt, sonst lebte Marie vielleicht noch. Der Kerl wollte sie wahrscheinlich abpassen. Aber an dem Abend hatte der Maler seine Frau aufs Land gebracht. Was danach passierte, ist zum Teil auch meine Schuld. Courtenay hat Marie nach Paris zurückgeholt, weil ich mit ihr reden wollte. Und der Kerl..."

Ich schwieg.

„Und der Kerl?" ermunterte mich Hélène.

„Von da an bin ich auf Vermutungen angewiesen. Aber ich bin davon überzeugt, daß es folgendermaßen abgelaufen ist: Der Kerl ist noch mal wiedergekommen. Es ist aber niemand da. Er schleicht sich durch den Lieferanteneingang rein. Vielleicht, um was zu suchen – was, weiß ich nicht –, vielleicht, um auf die Bewohner zu warten. Kommt Marie alleine zurück – um so besser. Sie kommt aber nicht alleine. Dafür geht sie alleine in ihr Zimmer, um sich auszuruhen. Der Maler verschwindet in seinem Atelier. In Maries Zimmer wartet schon der böse Bube. Hat sich gesagt, daß hier die Wahrscheinlichkeit am größten sei, Marie alleine zu erwischen."

Hélène schüttelte zweifelnd den Kopf.

„Aber sie wird doch schreien, als sie den fremden Mann sieht!"

„Schon möglich", sagte ich. „Weniger vor Angst als vor Überraschung. Aber Courtenay hört in seinem schalldichten Atelier keinen Ton. Marie ist eine... na ja... eigenartige Frau. Und der Kerl nicht nur ein altes Arschloch, sondern auch ihr letzter Liebhaber. Courtenay hat es treffend gesagt: *Seit achtundvierzig Stunden hat sie keinen Mann mehr gehabt. Bestimmt länger, als sie's aushalten kann*. Wenn Sie nicht verstehen wollen, wie ich das meine, dann lassen Sie's bleiben. Es haut trotzdem hin."

„Alle Männer sind Schweine", zischte Hélène.

„Ich bin anders als alle!" protestierte ich.

„Da bin ich mir nicht so sicher... Also, Sie meinen, der Kerl hat sie rumgekriegt?"

„Er hat sie mit Schmus besoffen gemacht und überredet,

mit ihm abzuhauen. Sie sind zu der halb stillgelegten Strecke gegangen, in die Nische vor dem Tunnel. Von dort aus ist Marie Courtenay dann unter die Räder gekommen. Alles war vorbereitet, zubereitet, bis ins kleinste geplant. Wer sich das Ganze ausgedacht hat, ist entweder superschlau oder hundertprozentig verrückt..."

„Oder beides. So was ist gar nicht so selten. Aber was ich nicht verstehe..."

Ich schnippte mit den Fingern.

„Dabei fällt mir mein Psychiater ein."

„Welcher Psychiater?"

„Dalaruc. Der Psychiater Jean Dalaruc."

Ich erklärte ihr, wer Dalaruc war und wie ich seine Bekanntschaft gemacht hatte. Dann kam ich wieder auf den Tunnel zurück:

„Der Kerl tötet sie in der Mauernische. Wahrscheinlich erwürgt er sie. Das macht nicht soviel Lärm. Höchstens ein '*chéri, chéri*', falls sie das Gefühl hatte, er wollte ihr den Hals streicheln."

„Bitte, verschonen Sie mich mit Einzelheiten!"

„Sie haben recht, *chérie*. Schließlich war ich nicht dabei. Sie ist also tot. Er wartet auf den Zug und stößt sie vor die Lok."

„Und wie kann er ungesehen entkommen?"

„Durch ein Loch in der Böschung. Oder er mischt sich einfach unter die Neugierigen, die sofort zur Stelle sind."

„Und was ist mit Ihrem Röntgenblick?"

„Röntgenblick! Sie machen mir Spaß. Zu dem Zeitpunkt hab ich doch auch noch an einen Selbstmord geglaubt, wie alle. Marie Courtenay war nicht grade 'n Muster an Ausgeglichenheit. Und die Ereignisse der letzten Tage haben sie bestimmt umgehaun. Da kann man schon mal an Selbstmord denken!"

„Und was hat Sie vom Gegenteil überzeugt?"

„Der Zettel."

„Der Zettel?"

„In ihrer Jackentasche. Davon steht nichts in den Zeitungen. *Niemand ist für meinen Tod verantwortlich. Ich schäme mich. Ich habe den Mann in der Rue Blottière getötet.* Der Flic aus dem 14., der helle Kopf, hat mir die Augen geöffnet. ‚*Sie bringt einen Kerl und danach sich selbst um*', hat er gesagt. Und: ‚*Der Gerechtigkeit ist Genüge getan*'. Das hat mich ins Grübeln gebracht."

Hélène verzog das Gesicht.

„Dann hat nicht sie den Zettel geschrieben?"

„Bestimmt nicht."

„Das werden die Flics bald rauskriegen."

„Hm... Die Schrift wird ähnlich sein. Und wenn man berücksichtigt, daß sie völlig durcheinander war..."

„Also nachgemacht?"

„Ja. Vergessen Sie nicht, daß Marie Courtenay alles in der Rue Blottière gelassen hatte, Handtasche und Klamotten. Irgendwo, neben Fotos und Ausweisen, war mit Sicherheit eine Schriftprobe der armen Frau. Ein Brief oder so was Ähnliches."

„Tja... Und als Sie den Zettel mit der Botschaft gesehen hatten..."

„Vor allem die Bemerkung ‚Der Gerechtigkeit ist Genüge getan' hat mir den Floh ins Ohr gesetzt. Hab mir gesagt: Jetzt wird Ferrands Leiche bald entdeckt werden. Und wie's der Zufall so will, veranlaßt ein Araber Kinder, in der Kohle rumzuwühlen."

Wir standen jetzt vor der Pyramide zum Gedenken an die *Mission Flatters*, die von den Touaregs 1881 massakriert wurde. Paßte gut zu dem Araber und seinem Gemetzel. Wir setzten uns auf eine Bank.

„Das klingt alles nicht sehr einleuchtend", sagte Hélène. „Weder einleuchtend noch vernünftig. Die Verbrecher beseitigen Ferrand und verscharren ihn unter der Kohle. Da kann die Leiche monatelang liegen. Angenommen, Madame Courtenay ist tatsächlich eine unbequeme Zeugin und die Verbrecher wollten sie zum Schweigen bringen. Sie hätten doch den

Selbstmord inszenieren können, ohne Ferrands Leiche ausgraben zu lassen."

„Das Vorgehen ist ziemlich verdreht, aber nicht unlogisch. Sie wollen, daß ‚der Gerechtigkeit Genüge getan ist'. Vor allem wollen sie zwei Fliegen mit einer Klappe schlagen: die Zeugin *und* die Leiche ein für allemal loswerden. Die verrückte Nymphomanin hatte einen breiten Rücken. Ihr konnte man den Mord bequem aufbürden. Der soziale Unterschied zwischen Mörderin und Opfer zählte nicht. Madame Courtenay war verdächtig genug. Faroux hat's mir eben bestätigt: Sie wußte von dem Toten in der Rue Blottière, als die Polizei noch keine Ahnung hatte. Ja, die wirklichen Mörder wollten, daß der Gerechtigkeit Genüge getan war und ich dem Zirkus auf den Leim ging. Denn der Selbstmord beantwortete alle offenen Fragen. Die Doppelmörder wissen, daß ich meine Nase in ihre Angelegenheiten gesteckt habe, ohne daß ich genau weiß, worum's geht. Ich soll mich mit der angebotenen Lösung zufriedengeben. Und Courtenay hat auch 'ne Rolle: Er soll seine Beziehungen spielen lassen, damit nicht zuviel Staub aufgewirbelt wird."

Hélène mußte lachen.

„Dann hätten die Gangster die Komödie extra für Sie in Szene gesetzt?" fragte sie. „Wie bescheiden!"

„Ob ich bescheiden bin, interessiert hier überhaupt nicht", gab ich zurück. „Die Sache, um die sich's dreht, ist es jedenfalls nicht. Ferrand hat von mehreren Millionen gesprochen. Und je mehr ich mitkriege, desto mehr bin ich davon überzeugt, daß er richtig lag."

„Demnach wären die wirklichen Mörder..."

„Die Ratten von Montsouris."

Mit einer weitausholenden Geste wies ich auf den stillen, wohlduftenden Park.

„Oh! A propos Ratten von Montsouris", erinnerte sich Hélène. „Ich habe die Liste der Opfer zusammengestellt..."

„Ach ja, die Liste. Und?"

„In der letzten Zeit haben sich die Ratten ziemlich zurückgehalten…“

„Die hatten Wichtigeres zu tun.“

„Ich habe nur die letzten drei Opfer ihrer Streifzüge aufgeschrieben. Da ist zunächst ein Monsieur Botrot, ein alter Rentner in der Rue Beaunier. In dem Haus, in dem Charles Le Goffic von der Académie Française und Lenin gewohnt haben. Ob gleichzeitig, weiß ich nicht. Wär ziemlich komisch…“

„In der Rue Marie-Rose gibt's noch so'n Schild. Dieser Wladimir Iljitsch hat sich vor 1914 hier im Viertel anscheinend länger rumgetrieben.“

„Ich mich auch. Hab mich über die Leute informiert. Sieht nicht so aus, als hätte Monsieur Botrot ein Geheimnis, das mehrere Millionen wert wäre. Nur 'n paar Flaschen haben sie ihm aus dem Keller geklaut. Übrigens scheinen sich die Ratten hauptsächlich für Keller interessiert zu haben.“

„Hm. Und weiter?“

„Ein gewisser Raymond Hillas, Rue de la Tombe-Issoire, nicht weit vom Ausgang der Katakomben. Zeichner und Graveur mit denkbar schlechtem Ruf. Hab ihn gesehen. Ein übler Bursche.“

„Hm… Hat vielleicht gar nichts zu sagen.“

„Das Vielleicht können Sie ruhig weglassen, Chef. Das Ganze hat nicht das Geringste zu sagen. Nur der letzte Einbruch hat vielleicht was zu sagen: eine kleine Villa in der Rue du Dounanier. Sie kennen das Haus. Monsieur Gaudebert wohnt da.“

Ein Spatz flog an meiner Nase vorbei, ließ sich kurz auf der Pyramide nieder und flatterte weiter zu einem großen Baum in der Nähe. Ein Blatt segelte auf den Kiesweg.

* * *

Langsam legte sich meine Überraschung. Langsam nahm

ich meine Pfeife aus dem Mund. Ich schüttelte mich, als versteckte ich eine Horde Flöhe unter meinem Hemd.

„Das hat gesessen", bemerkte Hélène lachend. „Kommen Sie zu sich!"

Ich zuckte die Achseln und steckte meine Pfeife wieder in den Mund.

„Wir phantasieren, wie im Traum", sagte ich. „Dieser Dalaruc, der Psychiater, kann Ihnen das besser erklären als ich. Bei Gaudebert ist eingebrochen worden? Na wenn schon. Das kann jedem passieren. Ferrand muß nicht notwendigerweise bei ihm den Faden zu den Millionen gefunden haben. Wenn er überhaupt auf seinen nächtlichen Raubzügen was rausgekriegt hat! Das war nur 'ne Hypothese, mehr nicht. Und hätte Ferrand Gaudebert zu erpressen versucht, wenn noch ganz andere Schätze bei ihm zu heben wären? Daß ich mich nicht an einer Erpressung beteiligen würde, konnte er sich denken. Die Quelle der ‚sauberen Sache' sprudelte woanders. A propos Erpressung..."

Ich erzählte Hélène, was mir an dem Verhalten von Henriette Gaudebert aufgefallen war.

„... Aber auch das", fügte ich hinzu, „ist wahrscheinlich Quatsch. In dem Erpresserbrief wurde ausdrücklich der Name Ferrand genannt."

„Oh, Moment mal!" rief Hélène. „Sie haben Zavatter doch damit beauftragt, den Vermögensstand von Courtenay und Gaudebert auszukundschaften. Hier sein Bericht..."

Sie holte ein paar Zettel aus ihrer Handtasche und las:

„Auguste Courtenay, Eigentümer von..."

„Courtenay interessiert mich nicht mehr", unterbrach ich sie. „Der Nächste bitte!"

„Armand Gaudebert, ehemaliger Oberstaatsanwalt. Früher ein hübsches Vermögen, jetzt keinen Sou mehr..."

Ich stöhnte auf:

„Sehen Sie? Dann werden wir bei ihm die besagten Millionen auch nicht finden."

„... jetzt keinen Sou mehr, weil die junge Frau, seine angebliche Gattin, wie keine zweite das Geld unter die Leute bringt."

„Nicht ungewöhnlich."

„Ungewöhnlich dagegen", sagte Hélène genießerisch, „ist der Name der jungen Frau."

Ich sah meine Sekretärin lauernd an. Jetzt gleich würde ich 'n tolles Ding zu hören kriegen. Das spürte ich. Um mein Herz zu schonen, ging ich in die Offensive.

„Erzählen Sie mir nicht, sie heißt Henriette Ferrand und ist die Tochter des Toten!"

„Nicht ganz", sagte Hélène. „Sie ist die Tochter von Raoul Castellenot, einem Gangster, Freund von Ferrand, wegen zweifachen Mordes zum Tode verurteilt."

16

Verbrechen aus Leidenschaft

Ich sprang von der knochenharten Bank auf und reichte Hélène galant die Hand.

„Kommen Sie, mein Engel. Gehen wir was trinken. Und Zeit zu essen ist es auch. Im Moment haben wir sowieso nichts Besseres zu tun."

Wir gingen ins Chalet du Parc. Bankette, Hochzeiten, Beerdigungen. Das ländliche Bistro befindet sich im Park, an der Rue Gazan, mit Blick auf den See. Leider ist der Tümpel schon seit Jahren zum Teil ausgetrocknet.

„Jetzt darf ich Sie mal fragen, wie Sie die trübe Brühe finden", lachte Hélène.

„Genug Salz und Pfeffer", erwiderte ich. „Ein Ex-Oberstaatsanwalt und die Tochter eines zum Tode Verurteilten im selben Bett! Stellen Sie sich vor, was ein Zeichner aus dem Motiv rausholen könnte! Einer wie der, dessen Kunstwerk wir in der Rue Blottière gefunden haben... Großer Gott! Hoffentlich zeugen die beiden keine Kinder! Das würde 'ne blutrünstige Mischung!"

„Und was schließen Sie aus der Räuberpistole?"

„Nichts. Überhaupt nichts. Wie Ludwig XIV.: Wir werden sehen... wenn's was zu sehen gibt. Zum Dessert geh ich zu Gaudebert. Ich muß ihm ja wenigstens mitteilen: Ferrand ist tot, mein Auftrag hat sich erledigt."

Ich ließ Hélène mit dem Dessert alleine und ging in die Rue du Douanier. Das rot- und pausbäckige Dienstmädchen teilte mir mit, daß niemand zu Hause sei. Monsieur und Madame seien spazierengegangen und kämen nicht vor dem Abend zurück. Na ja, bei dem Wetter, nicht?

„Dann komme ich heute abend wieder“, sagte ich. „Hab gehört, hier ist eingebrochen worden?“

„Ja, M'sieur.“

„Wann denn?“

„Letzten Donnerstag vor einer Woche, glaub ich.“

„Hatten Sie große Angst?“

„Ich hatte meinen freien Tag, M'sieur. Verbringe die Nacht bei einer meiner Landsmänninnen. Solche Verbrecher wissen so was immer ganz genau.“

„Natürlich. Und Monsieur und Madame? Waren die zu Hause?“

„Das glaub ich nicht, M'sieur.“

„Vielen Dank. Richten Sie Monsieur Gaudebert bitte aus, daß ich heute abend wiederkomme.“

„Ja, M'sieur.“

Ich ging zurück zu Hélène.

„Ich kann's noch gar nicht fassen!“ sagte ich beim Kaffee. „Das Traumpaar des Jahres! Schade, daß ich nicht zeichnen kann.... Wie wär's, gehn wir mal zu diesem Graphiker, dem üblen Burschen, wie Sie sagen? Zur Entspannung der Nerven...“

Entspannung der Nerven war vielleicht nicht ganz der passende Ausdruck.

Raymond Hillas wohnte in der zweiten Etage eines nicht mehr ganz neuen Hauses, Rue de la Tombe-Issoire, Ecke Rue du Douanier-Rousseau. Wir gingen hinauf. Hinter der Tür des Graphikers war Stimmengemurmel zu hören. Ich klopfte. Das Gemurmel verstummte. Ich zwinkerte Hélène zu. Vielleicht war die Spur ganz interessant.

„Los, öffnen Sie“, rief ich und trommelte gegen die Tür. „Wir werden Sie nicht fressen. Empfängt man so seine Kunden?“

Nach ein paar Sekunden sagte drinnen jemand:

„Ich komm ja schon.“

Ein leises Geräusch, so als werde der Schlüssel vorsichtig im Schloß herumgedreht.

„Herein“, sagte die Stimme.

Ich drehte den Türknopf. Hélène folgte mir. Neben einer schräggestellten Zeichenplatte saß ein junger Kerl auf einem Strohschemel. Mit seiner dicken roten Nase und den dicken Lippen sah er nicht übler aus als sonst jemand. Aber seine Stimmung schien übel zu sein. Als er Hélène sah, hellte sich sein Gesicht etwas auf.

„Treten Sie ein“, sagte er. „Was kann ich für Sie tun?“

Ich kam nicht zum Antworten. Hinter der geöffneten Tür trat ein zweiter Mann hervor und sagte:

„Ich geh. Ich komm wieder, M'sieur Hillas.“

Ein Araber. Nicht schlecht, aber auch nicht elegant gekleidet. Nicht besonders übel, aber auch nicht besonders vertrauenserweckend. Weder Fisch noch Fleisch. Nichts für mich... oder doch? Verdammt! Es gab noch andere Araber in Paris als den aus der Rue Blottière. Ich mußte verrückt sein, aber... Es war stärker als ich.

„Moment!“ sagte ich. „Nicht so eilig.“

„Entschuldigen mich, M'sieur“, sagte der Araber und wollte an mir vorbei.

Ich packte seinen muskulösen Arm. Er machte sich los und rannte weg. Ich stürzte hinterher. Plötzlich hielt er ein Rasiermesser in der Hand. Jetzt mußte ich zusehen, daß ich außer Reichweite kam, um meine Kanone rausholen zu können. Ich beförderte den Araber durch die Tür in den Hausflur. Hélène schrie auf. Als ich, die Kanone in der Hand, dem Araber von dem Land erzählen wollte, wo die Zitronen blühen, versperrte mir Hélène den Weg. Stand vor der geschlossenen Wohnungstür, wie gekreuzigt.

„Nein, Chef, nein!“ keuchte sie. „Machen Sie keine Dummheiten! Das ist ein Mörder!“

„Frag mich, ob das nicht sogar *der* Mörder ist“, knurrte ich. „Los, lassen Sie mich durch!“

Ich packte meine Sekretärin bei den Schultern, schüttelte sie, schickte sie in eine andere Zimmerecke. Unterwegs stieß sie mit Raymond Hillas zusammen, der aufgestanden war und der Szene ziemlich verständnislos zusah. Mademoiselle Chatelain und Monsieur Hillas verhedderten sich. Ich ließ sie sich wieder entwirren und stürzte hinter dem muskulösen Araber her. Ich sah ihn in Richtung Rue du Père-Corentin rennen, am Zaun eines unbebauten Geländes entlang. Grade wollte ich alle meine Energie zusammennehmen, als ich eine ziemlich ärmlich gekleidete Frau aus dem freien Grundstück auftauchen sah. Ihr Gesicht konnte ich nicht richtig erkennen, dafür aber das, was sie in der Hand hielt. Ich öffnete den Mund. Zu spät. Die Frau hatte den Araber gerufen. Der hatte sich umgedreht, dann um die eigene Achse gedreht, gedreht und gedreht wie ein Kreisel. Jetzt lag er auf dem Boden, mit dem Gesicht nach unten. Sein Körper zuckte noch ein paarmal. Immer weniger. Als ich mich über ihn beugte, war er tot. Die Schüsse aus einem Gewehr hatten ihn niedergestreckt.

* * *

Ich überließ den Araber den diensthabenden Schaulustigen des Viertels und ging zurück zu Monsieur Hillas. Hélène wartete vor seiner Tür, auf dem Treppenabsatz.

„Hat er Sie rausgeschmissen?“ frage ich.

„Nein. Bin von selbst gegangen. Ich kann doch nicht alleine mit einem Mann in einer Wohnung bleiben, der solche Schweinereien zeichnet.“

„Das sind doch keine Schweinereien, mein Schatz... Dann ist er also unser freier Künstler?“

„Als ich hingefallen bin, hat sich ein Karton mit Skizzen geöffnet.“

„Es ist noch jemand anders hingefallen“, sagte ich.

„Auch von Ihnen zu Boden geschubst? Ich habe Schüsse gehört.“

„Nein. Eine Frau hat den Araber umgelegt. Wahrscheinlich eine Gegenterroristin. Na schön. Ist Raymond Hillas in seiner Wohnung?“

„Ja.“

„Dann wollen wir doch mal 'n Sätzchen mit ihm reden."

Als der freischaffende Künstler uns sah, fluchte er sofort los:

„Teufel nochmal! Was soll der Scheiß? Nichts als Ärger hat man! Wer sind Sie überhaupt, verdammt?"

„Nestor Burma, Privatdetektiv", erwiderte ich liebenswürdig. „Ich rate Ihnen, mir keine Märchen zu erzählen. Könnte Ihnen leid tun. Wollte Sie fragen, ob die Zeichnung hier von Ihnen ist..."

Ich holte das Meisterwerk hervor, das ich immer noch mit mir rumschleppte.

„Die Zeichnung gehört zu einer Serie", erklärte Hillas, „die mir aus meinem Keller geklaut wurde. Diese Schweine!"

„Und der Araber? Kannten Sie Ihn?"

„Nie gesehn."

„Was wollte er?"

„Mich erpressen."

Ich stöhnte gequält auf:

„Davon hab ich so langsam die Schnauze voll."

„Und ich erst!" seufzte Hillas.

„Werden Sie häufiger erpreßt?"

„Nein, das war das erste Mal. Aber mir reicht's."

„Erzählen Sie mal!"

Er zuckte die Achseln. Seine rote Nase spielte ins Violette. Ansonsten war das Gesicht kreideweiß.

„Was gibt's da groß zu erzählen? Er kommt rein und sagt: ‚Ich weiß, was Sie treiben. Könnte 'n paar von den Bildern gebrauchen. Und etwas Geld.' Ich will mich schon darauf einlassen. Da kommen Sie. Und das Theater geht los! Verdammte Scheiße..."

Er rieb sich das Handgelenk.

„... Als ich auf den Arsch gefallen bin, zusammen mit Ihrer Maus, hab ich mir die Hand verstaucht."

„Wieso meckern Sie? Ich werfe Ihnen das schönste Mädchen von Paris vor die Füße, und Sie beschweren sich."

„Was meinen Sie, wie scheißegal mir Ihr ‚schönstes Mädchen von Paris‘ ist!“

„Klar!“ zischte Hélène ihn fuchsteufelswild an. „Sie haben ja Ihre Zeichnungen. Das reicht Ihnen wohl!“

„Völlig!“ gab er zurück.

Er sah mich an.

„... Verdammt! Was war mit dem los, mit dem Araber? Ziemlich nervös, der Junge.“

„Jetzt nicht mehr. Wollte er viel Geld?“

„Reichlich.“

„Aber ’n Vermögen konnten Sie doch nicht auf den Tisch legen, oder?“

„Natürlich nicht.“

„Hatten Sie nicht das Gefühl, daß er sich nur vorgetastet hat, um Ihnen vielleicht noch was ganz anderes vorzuschlagen?“

Hillas runzelte die Stirn.

„Hm... Nein... das heißt... vielleicht...“

„Vergessen Sie’s! Durch meine Fragerei basteln Sie jetzt was zusammen.“

„Glaub ich auch, ja. Was hätte er denn außer den Bildern und dem Zaster noch von mir verlangen können?“

„Keine Ahnung“, sagte ich. „Aber Sie sind doch auch Graveur...“

Seine Nase, die eben noch violett gewesen war, wurde jetzt wieder rot. Man hätte meinen können, man wär auf der Kreuzung Vavin.

„Scheiße! Das ist ’ne Idee!“ rief er.

„Wenn Sie vor Gericht stehen, sagen Sie bloß nicht, woher Sie sie haben. Auf Wiedersehn, M’sieur Hillas.“

* * *

„Die Ratten verlassen das sinkende Schiff und fressen sich gegenseitig auf“, bemerkte ich, als wir die Treppe hinuntergingen. „Aber der Teufel soll mich holen, wenn ich mehr als das kapiere!“

Auf der Straße war weit und breit keine Leiche mehr zu sehen. Die Flics hatten sie in den kühlen Schatten der Morgue gebracht. Nur noch ein kleiner brauner Fleck erinnerte an die Schüsse. Das ließ die Neugierigen träumen und belebte das abendliche Gespräch.

Vor dem Kommissariat in der Rue Sarrette mischten wir uns unter die Menge. Die Gerüchteküche kochte heiß.

Die Täterin war geflüchtet, aber bald wieder gefaßt und aufs Revier gebracht worden. Ihr Name war Molinier oder Molinard. Darüber gingen die Meinungen auseinander. Der Araber hieß Mohammed, wie alle Araber. Diese Moliniernard hatte ihn erschossen, weil er vor kurzem ihren anderen Liebhaber getötet hatte. Einen gewissen Ferrand, den Kerl, den man gestern mit durchschnittener Kehle unter einem Kohlehaufen hinter der Rue Blottière gefunden hatte. Ach, was Sie nicht sagen. Und ich hab immer gedacht, Araber wär'n polygam. Schon, M'ame Michu, Vielweiberei, ja, aber die Frauen dürfen nicht polyandrisch sein. Polyandrisch? Jaaa, polyandrisch. Vielmännerei eben!

Ich zog Hélène weiter. Ferrand war also das Opfer eines Verbrechens aus Leidenschaft geworden. Dadurch wurde nichts einfacher.

17

Der Kopf eines Mannes

Im Moment konnte ich nichts anderes tun, als die Zeit totzuschlagen. Ich lud meine Sekretärin ins Kino ein, und zwar in das zweifellos orginellste von ganz Paris: das Denfert-Rochereau am gleichnamigen Platz. Es befindet sich im Keller. Über eine schmale Wendeltreppe gelangt man in den ziemlich kleinen Vorführraum. Auch die Leinwand ist nicht riesig. Und darüber befindet sich der Projektionsraum. Die Bilder werden über einen Spiegel auf die Leinwand projiziert.

Nach dem Film verabschiedete ich mich von Hélène und ging alleine zu Armand Gaudebert.

„Ist Monsieur zurück?" fragte ich das Mädchen mit den Apfelbäckchen.

„Er ist fortgegangen, aber Madame ist zu Hause", antwortete die Kleine.

„Kann ich mit ihr sprechen?"

Ich konnte.

Sie sah immer noch allerliebst aus, die schöne Henriette. Die goldbraunen, leicht mandelförmigen Augen blitzten lebhaft. Ihr kurzgeschnittenes rotes Haar sträubte sich etwas, vielleicht aus Protest. Sie trug einen weiten Faltenrock und eine Bluse, die ihre sonnengebräunten Schultern freigab. Sie war unauffällig geschminkt, gerade genug, um einen normal veranlagten Mann zu verführen.

Heute abend sah ich sie mit ganz anderen Augen als beim letzten Mal. Komischer Gedanke, daß ihr Vater mit zusammengebundenen Händen aufs Schafott gewandert war...

„Ich bin gekommen", begann ich, „um Monsieur Gaudebert Bericht zu erstatten. Sie haben doch sicher in den Zeitungen gelesen, daß Ferrand seine postlagernde Sendung gar nicht abholen konnte. Er ist nämlich tot."

„Ja, das hab ich gelesen", sagte sie mit ihrer sanften, kühlen Stimme ohne eine Spur von Erregung. „Setzen Sie sich doch, Monsieur Burma. Monsieur Gaudebert wird gleich kommen. Zigarette?"

„Wenn Sie gestatten, rauche ich lieber Pfeife."

„Wie Sie wollen."

Sie nahm sich eine Zigarette. Ich gab ihr Feuer. Nachdem sie sich in den Sessel gesetzt hatte, nahm ich ebenfalls Platz und holte meine Pfeife raus.

„Monsieur Gaudebert kann von jetzt an ganz beruhigt sein", stellte ich fest.

„Ja, sicher."

Sie straffte ihren Oberkörper und blies den Rauch zur Decke. Ihre Augen blitzten, ein Lächeln huschte über ihre Lippen.

„Sie machen einen fröhlichen Eindruck", bemerkte ich.

„Großer Gott! Sieht man mir das an?" kokettierte sie. „Na ja, ich hab keinen Grund, es zu verheimlichen, oder? Das schöne Wetter! Das macht mich glücklich. Und Sie? Macht schönes Wetter Sie nicht glücklich?"

„Doch... Schöne Dinge machen mich immer glücklich."

Sie hatte ein Bein untergeschlagen. Dadurch war ihr Rock eine Idee zu hoch gerutscht. Sie brachte es wieder in Ordnung.

„Oh, das ist nicht nett von Ihnen, Monsieur Burma!" protestierte sie fröhlich.

In ihrer Stimme lag nicht der geringste Vorwurf. Sie wirkte wie eine verdorbene Vierzehnjährige, die sich einen Spaß macht.

„Schöne Dinge machen mich glücklich, ja", wiederholte ich. „Häßliche Dinge dagegen hasse ich. Zum Beispiel die Todesstrafe. Ich bin strikt dagegen. Meiner Meinung nach ein barbarischer Brauch."

Ihre Lippen zitterten:

„Wirklich? Und warum dieses Glaubensbekenntnis?“

„Ach, wissen Sie, ich haben einen ganz besonderen Beruf. Ich suche, schnüffle herum...“

Ihr Gesicht bekam einen leicht harten Ausdruck. Sie senkte den Blick und sah mich durch den dichten Vorhang ihrer Wimpern an. Ihr Atem ging heftiger.

„Sie... schnüffeln herum?“ fragte sie.

„Ja. Und ich habe rausgekriegt, daß Sie Henriette Castellenot sind, Tochter eines gewissen Raoul Castellenot. Mehr brauch ich Ihnen ja nicht zu sagen.“

Sie lachte laut los.

„Ach, das haben Sie rausgekriegt! Das ist kein Geheimnis. Manche meinen... Erpresser zum Beispiel... Neigen Sie vielleicht zum Erpressen, Monsieur Burma?“

„Nein.“

„Gott sei Dank. Für Sie. Wir werden zwar nicht gerne daran erinnert, Monsieur Gaudebert und ich, aber erpressen lassen wir uns nicht.“

„Erpressen ist ein sehr weiter Begriff“, sagte ich. „Man kann das Leben eines Mannes vergiften; eines Mannes, der sich, sagen wir, in einer schwierigen Lage befindet... oder glaubt, sich in einer besonders schwierigen Lage zu befinden. Mit einer vagen Drohung zum Beispiel.“

„Vage ist der richtige Ausdruck für das, was Sie mir da erzählen“, gab sie zurück. „Ich verstehe nicht, was Sie meinen, Monsieur Burma.“

„Werd's Ihnen erklären. Ich weiß weder, wann noch wo oder wie Sie sich um den Hals gefallen sind, Sie und Gaudebert. Auch nicht, wie lange Sie glücklich waren. Aber eins weiß ich: Wenn er leidet, sind Sie nicht unglücklich.“

„Und wie kommen Sie darauf?“

„Ihre Blicke, Ihr Benehmen...“

„Sie irren sich.“

„Da ist noch was anderes. Ferrand.“

„Ach ja, der Erpresser.“

„Ja, der Erpresser. Er gehörte zu den Einbrechern, die seit

einiger Zeit das Viertel unsicher machen. Auch hier haben die Ratten von Montsouris reingeschaut. Ihr Dienstmädchen hatte frei. Monsieur Gaudebert war ebenfalls nicht hier. Nur Sie, Sie konnten hier sein... Verstehen Sie jetzt, was ich meine?"

Sie lächelte verschmitzt. Die Fröhlichkeit, die für einen Moment aus ihren Augen verschwunden war, kehrte wieder zurück. Sie schüttelte den Kopf.

„Kein Wort", sagte sie.

„Sie waren hier im Hause. Die Einbrecher kommen. Sie tun nichts, verstecken sich. Aber Ferrand entdeckt Sie. Er war ein Freund Ihres Vaters, ein Komplize. Er erkennt Sie. Oder Sie erkennen ihn. Oder Sie erkennen sich. Kommen ins Gespräch und kochen diese Pseudo-Erpressung aus, um Gaudeberts Leben, wie ich schon sagte, zu vergiften. Sie hassen ihn, weil das wirklich 'ne tolle Verbindung ist, Sie und Gaudebert. Konnte gar nicht anders kommen."

Sie zuckte die Achseln, erhob sich und sagte schroff:

„Hören Sie, Monsieur Burma. Sind Sie so dumm, oder ist das Ihre Masche, einer Frau den Hof zu machen? Ich kenne welche, die lieben Idioten. Aber da sind Sie bei mir an der falschen Adresse. Ich habe nichts mit diesem Drohbrief zu tun. Ich hasse Monsieur Gaudebert nämlich nicht. Vielleicht war Ferrand tatsächlich ein Komplize meines Vaters. Aber ich war damals noch zu jung, um mich daran erinnern zu können. Und an dem Tag, als hier eingebrochen wurde, war ich nicht zu Hause. Sie suchen ja so gerne, schnüffeln und schnüffeln. Sie können das gerne nachprüfen. Und jetzt werde ich mich zurückziehen. Sie haben genug abenteuerliche Ideen, um die Wartezeit alleine rumzukriegen."

Und sie verschwand. Ließ mir nur ihr Parfüm und die Kippe im Aschenbecher zurück. Und meine abenteuerlichen Ideen. Sie hatte gut daran getan, diese Gardinenpredigt zu halten. Ich kapierte endlich, daß ich aus dem Tritt kam.

Die Zeit erschien mir sehr lang. Dabei waren es kaum zehn Minuten. Eine Tür wurde geöffnet, eine andere oder dieselbe geschlossen. Schritte. Dann kam das Dienstmädchen zu mir. Wenn ich ihr folgen wolle... Monsieur Gaudebert erwartete mich in seinem Arbeitszimmer.

„Guten Abend, Monsieur Burma", begrüßte er mich mit einem gequälten Lächeln.

Sah aus, als sei der Herr Oberstaatsanwalt nicht in Höchstform. Hatte wohl heute keinen Kopf bekommen.

„Ich wollte mich abmelden, Monsieur", begann ich. „Wir wissen jetzt, warum Ferrand nicht zum Postamt gekommen ist. Sein angegriffener Gesundheitszustand erlaubte es ihm nicht, die Kohle zur Seite zu schieben und Ihre Kohle abzuholen."

„Ja, ich hab's in der Zeitung gelesen. Bestimmt eine Abrechnung unter Ganoven, oder?"

„Bestimmt. Ende gut, alles gut. Nicht für Ferrand, aber für Sie."

„Ja, ja..."

„Sie sind noch nicht recht davon überzeugt?"

Er tauchte wieder auf.

„Ich? Oh doch, doch..." murmelte er.

Nach einer Schweigeminute sagte er:

„Ende gut, alles gut... Hm... Ich überlege... Der Mann hatte vielleicht... ganz sicher hatte er Komplizen. Und wenn er über seine Pläne gesprochen hat..."

„Aber, aber, Monsieur", unterbrach ich ihn lachend. „Malen Sie den Teufel nicht an die Wand."

„Tja..." Sein gezwungenes Lächeln verschwand. „Sie haben recht... Sagen Sie... Henriette... Ich nenne sie immer Henriette... hat mir erzählt, daß Sie Dinge wissen..."

Mit einer großzügigen Handbewegung wischte ich sie zur Seite.

„Hab alles wieder vergessen. War anscheinend sowieso kein Geheimnis. Kam mir nur so vor."

„Das hatte Ferrand sicher auch rausgekriegt. Sie sehen, sein Erpressungsversuch hätte ihm nichts eingebracht."

Ich nickte zustimmend.

„Ich möchte Ihnen trotzdem etwas erklären, Burma“, fuhr er mit belegter Stimme fort. „Es muß Ihnen seltsam, ja, unanständig vorkommen, daß ein ehemaliger Oberstaatsanwalt... Nein, sagen Sie nichts! Ich weiß doch, was die Leute denken. Die Leute, damit meine ich alle, die nicht im Gefängnis waren... Denn, wie Sie wissen, wurde ich nach der Befreiung eingesperrt...“

Ironie des Schicksals!

„... Als ich wieder rauskam, war ich ein anderer Mensch...“

Er räusperte sich. Aber seine Stimme wurde nicht klarer.

„... Man nannte mich Monsieur Rübe-ab! Aber mein Beil war stumpf geworden. Ich sah jetzt das Leben mit anderen Augen. Ich wußte, daß dieser Gangster, diese gemeingefährliche Ratte, dieser zum Tode verurteilte Raoul Castellenot, eine Tochter hatte. Ich hab nach ihr suchen lassen. Hab mich um sie gekümmert, weil niemand sonst sich um sie gekümmert hat. Und eines Tages... Oh, es war ein wunderschöner Tag...“

Seine Stimme brach, kicherte, wurde wieder normal.

„... Ich war Witwer, kinderlos... Sie war so was wie meine Adoptivtochter. Offiziell war sie's nicht...“

„Genausowenig wie sie jetzt Ihre Frau ist. Sie ist also Ihre Geliebte geworden, stimmt's?“

„Ja. Von da an habe ich meine sämtlichen Beziehungen abgebrochen, privat und beruflich. Nur Henriette ist mir geblieben...“

Mit einer Geste wischte er alles zum zweiten Mal weg. Sein Kinn zitterte vor Ergriffenheit.

„Ich verstehe, Monsieur“, sagte ich.

Er brachte mich zur Tür.

„Die meisten Leute verstehen es nicht. Leute, die von Barmherzigkeit sprechen, von Wiedergutmachung. Ich wollte wiedergutmachen, Monsieur Burma, indem ich mich um die Erziehung des Mädchens kümmerte. Vielleicht hätte ich das nicht tun dürfen... weil es auf diese Weise geendet hat... Na ja...“

„Wiedergutmachung?“ hakte ich nach. „Wollen Sie damit sagen, daß ihr Vater…“

Er senkte den Kopf.

„Ja, ich war es, der ihn zum Tode verurteilt hat.“

18

Für die Schönheit der Büste...

Ich fuhr nach Hause und ging früh zu Bett.

Armand Gaudebert konnte noch so viel erzählen, ein reizendes kleines Motiv gab es für eine Erpressung. Henriette hatte es gesagt: weder sie noch er wollten gerne an diese Dinge erinnert werden. Und deshalb konnte ein Ganove auf den Gedanken kommen, Geld rauszuschlagen. Aber keine Millionen. Erstens, weil das Geheimnis nicht soviel wert war, und zweitens, weil Henriette den ehemaligen Oberstaatsanwalt so gut wie ruiniert hatte. Ferrand mußte demnach tatsächlich widernatürlichen Beziehungen zwischen dem arroganten Bluthund und der Tochter des Gangsters auf die Spur gekommen sein. Während er versuchte, sein Wissen zu Geld zu machen, war er noch woanders hinter einer Sache her gewesen. Und die hatte ihm nicht sonderlich viel Glück gebracht. Woanders? Los, Nestor, such!

* * *

Suzanne Molinier hätte mir vielleicht – vielleicht! – weiterhelfen können. Aber die saß im Kittchen, weil sie den Araber abgeknallt hatte. Die Zeitungen erklärten sich die Tat folgendermaßen: Suzanne Molinier hatte ihren Geliebten Mohammed betrogen, hatte ihn wegen Ferrands schöner Augen sogar verlasssen. Mohammed hatte geschworen, Ferrand bei der erstbesten Gelegenheit umzubringen. Und er hatte sein Versprechen gehalten. Suzanne hatte die Zusammenhänge sehr schnell kapiert und ihren neuen Freund umgehend gerächt.

Dabei mochten auch noch andere mehr oder weniger leidenschaftliche Gefühle eine Rolle gespielt haben.

An diesem Punkt meiner morgendlichen Lektüre und eigenen Überlegungen läutete das Telefon.

„Hallo“, meldete sich eine fröhliche Stimme, „Monsieur Burma? Hier spricht Jean Dalaruc, Psychiater. Erinnern Sie sich?“

„Natürlich! Für achtundvierzig Stunden reicht mein Gedächtnis noch.“

„Meins auch. Ich hab Sie in sympathischer Erinnerung. Sie haben mir viel Spaß gemacht.“

„Wie schön, Doktor. Dafür bin ich auch da. Ich glaube, ich brauch ’n paar Elektroschocks. Machen Sie mir einen guten Preis!“

„Gerne. Aber im Moment... weil Sie mir sympathisch sind und ich gemerkt habe, daß Sie irgendwas suchen – was genau, hab ich beim besten Willen nicht rauskriegen können –, und weil ich Ihnen vielleicht helfen kann, ohne meine Schweigepflicht zu verletzen...“

„Ja?“

„Sie haben von einer gewissen Madame Courtenay gesprochen.“

„Die nie bei Ihnen in Behandlung war. Ich hab mich erkundigt...“

„Sie war tatsächlich nie bei mir in Behandlung, stimmt.“

„Und es besteht wenig Aussicht, daß sie in Zukunft von Ihnen behandelt wird. Sie ist nämlich tot.“

„Was?“

„Tot. T-O-T.“

Er lachte:

„Also wirklich, in Ihrer Bekanntschaft wird viel gestorben! Weil... äh...“

„Weil?“

„Sie haben noch einen anderen Namen genannt. Ferrand. Hab in der Zeitung gelesen, daß der auch tot ist. Und ich hab außerdem gelesen, daß er ein Freund eines gewissen Raoul Castellenot war."

Ich schickte sein Lachen zurück.

„Der ist auch tot", sagte ich. „Gestorben an einer Art Gehirnschlag. Nicht weit von Ihnen, Boulevard Arago. Im fahlen Morgengrauen."

„Das sollte mich wundern. Hab ihn gestern gesehen. Und da ging es ihm ausgezeichnet."

„Wie... bitte?"

„Er ist seit ungefähr zehn Jahren in Sainte-Anne. Vollkommen verrückt. Nach den Abenteuern, die er erlebt hat..."

* * *

„Ich muß ihn unbedingt sehen, Doktor!" schrie ich.

Es brach aus mir hervor. Unüberlegt, unbewußt, unsinnig. Was hatte ich davon, den vollkommen geistesgestörten Gangster zu sehen?

„Ich muß ihn unbedingt sehen!"

Ich sah ihn.

Er saß in seinem kleinen Zimmer auf dem schmalen Bett, mit abwesendem Blick zwar, aber nicht verrückter als viele Blödmänner, die immer noch frei rumlaufen.

Früher mußte er mal ein kräftiger Bursche gewesen sein. Jetzt war er völlig abgemagert. Er hatte riesige Augen, goldbraun, wie seine Tochter. Ein seltsamer Glanz lag in ihnen. Seine feingliedrigen Hände waren ständig in Bewegung, so als ließe er Sand durch die Finger laufen.

„Tja", sagte Dalaruc leicht ironisch, als ich genug gesehen hatte. „Haben Sie was Neues rausgekriegt?"

Meinte wohl, Privatdetektive wie ich übertreiben immer... wie verrückt.

„Ich heiße nicht Sherlock Holmes. Verdammt nochmal, ich weiß gar nicht, was ich durch ihn rauskriegen sollte! Außerdem hätte er wenigstens den Mund aufmachen müssen. Ist er immer so geschwätzig?"

„Er redet nur mit seiner Tochter, wenn sie ihn besucht. Er hat nämlich eine sehr reizende Tochter. Sie kommt regelmäßig. Ich weiß nicht, ob er sie wiedererkennt, aber er redet mit ihr. Er muß sie sehr lieben."

„Und sie?"

„Sie vergöttert ihn. Das sieht man."

„Ganoven haben einen hochentwickelten Familiensinn. Harte Schale, weicher Keks. Lieben ihre alte Mama über alles."

„Aber seine Tochter ist anständig. Gesellschaftlich gut gestellt."

„Will ich gerne glauben. Also, er redet nur mit seiner Tochter?"

„Ja. Und er schreibt. Schreibt viel. Gedichte. Wie alle Kranken. Ich hab vor, irgenwann mal eine Sammlung von Texten Geistesgestörter zu veröffentlichen. Castellenots Gedichte werden auch dabei sein. Eine interessante Persönlichkeit. Sie kennen doch seine Lebensgeschichte?"

„Nicht so richtig. Nur, daß er zwei Männer getötet hat. Aber die genauen Umstände kenne ich nicht."

Dr. Dalarucs kleine Äuglein wurden noch kleiner.

„Ich persönlich könnte Ihnen gar nicht so furchtbar viel erzählen. Jedenfalls ist er eine interessante Persönlichkeit. Geboren, um zum Tode verurteilt zu werden. Zivil- und Militärgericht haben seinen Kopf gefordert. Und er lebt immer noch … wenn man das ‚leben' nennen kann. Aber vielleicht ist er glücklicher als viele andere? Wollen Sie seine Texte lesen?"

Der Psychiater war so freundlich gewesen, sich mit mir hierherzubemühen. Jetzt konnte ich mich revanchieren und mit ihm die Gedichte des geisteskranken Doppelmörders bewundern. Während wir in sein Büro gingen, erzählte mir Dalaruc, was er über seinen Patienten wußte.

„Geboren, um zum Tode verurteilt zu werden. Anders kann man's nicht ausdrücken. 1939, kurz vor dem Krieg, wegen zweifachen Mordes zum Tode verurteilt. Konnte bei einem Transport fliehen und entging so der Guillotine. Im

Krieg hörte man nichts von ihm. Er war unauffindbar. Zu Beginn der Okkupation schnappten ihn die Deutschen, sperrten ihn ein, folterten und verurteilten ihn schließlich ... zum Tode. Warum, weiß ich nicht. Das Urteil wurde wieder nicht vollstreckt, weil er ausbrechen konnte. Oder besser gesagt: er wurde gekidnappt, von anderen Deutschen. Er entwischt seinen ‚Befreiern' und schließt sich der Résistance an. Verstehen Sie mich recht, Burma. Ich will keinen Heiligen aus ihm machen! Er ist alles, nur das nicht. Ich glaube, er spielte ein doppeltes Spiel. Gelang ihm auch wohl 'ne Weile; aber am Ende ging's doch schlecht für ihn aus. Die Deutschen kassierten ihn wieder ein. Ab hinter Gitter, wieder Prügel und ..."

„... wieder zum Tode verurteilt?"

„Nein, zur Deportation. Aber das Glück verläßt ihn nicht. Der Zug mit den Gefangenen wird von Widerstandskämpfern überfallen. Unser Castellenot kann erneut fliehen. Danach ... tja, da gibt's 'ne Lücke in meiner Dokumentation. Ich weiß nur, daß er im August 1944 in den Katakomben lebte, wo sich das Hauptquartier der Résistance befand. Verhält sich tadellos in jenen glorreichen Tagen. Aber er hat einfach zuviel erlebt. Sein Verstand verwirrt sich. Und die Polizei hat nicht vergessen, daß er zum Tode verurteilt wurde. Er wird festgenommen. Aber es ist offensichtlich: Castellenot ist verrückt, unheilbar verrückt. Und seit zehn Jahren ist er bei uns. Ein richtiger Roman, nicht wahr?"

„Kann man wohl sagen", stimmte ich zu. „Und findet man in seinen Texten Spuren seines abenteuerlichen Lebens?"

„Nein. Er schreibt hauptsächlich über Frauenbrüste ..."

„Vielleicht ein Brustkomplex", diagnostizierte ich lächelnd.

Der Arzt sah mich schräg von der Seite an.

„Versuchen Sie sich bitte nicht an unserem Vokabular, Burma. Wir kommen schon selbst kaum damit zurecht."

In seinem Arbeitszimmer nahm er ein paar Blätter aus einem Ordner und reichte sie mir. Ich las:

Für die Schönheit der Büste
die Zähne der Austern
den goldnen Schleim der Schnecken
verschlungen verdaut die Brüste
oh, meine Leiche am Strand...

Etwa fünfzig Zeilen in der Art, häufig diesselben stereotypen Sätze:

Für die Schönheit der Büste
mit Perlen auf den Brüsten
meine Frau, meine Büste
meine Perlen in den Augen
Goldner Schaum der Schnecken
die Brüste im Sand
im goldnen Sand der Schnecken
für die Schönheit der Büste...

Ich gab Dalaruc die Zeilen des ehemaligen Gentleman-Einbrechers zurück, der am Vorabend des Krieges zum Doppelmörder geworden war. Dann verabschiedete ich mich und verließ das Hôpital Sainte-Anne. Die Rue Cabanis kochte in der Hitze.

Für die Schönheit der Büste... Die Zeilen paßten wie ein Büstenhalter auf das außergewöhnliche Kunstobjekt, das Anatole Jakowski auf dem Flohmarkt erstanden hatte.

* * *

Ich verbrachte den Nachmittag in der kühlen *Bibliothèque nationale* und schluckte den Staub der Zeitungen von 1939. Ich erfuhr interessante Dinge über die Heldentaten des Raoul Castellenot. Zum Beispiel über den Einbruch im Juweliergeschäft Lascève. Der Tod der beiden Nachtwächter war wohl eher ein Unfall gewesen. Aber sie waren nun mal tot, und ihre

Leichen hatten Castellenots sowieso schon beachtliches Strafregister noch weiter verlängert. Also: Todesstrafe für den Gangster. Bei dem Einbruch waren haufenweise Perlen verschwunden. Schon für damalige Zeiten war die Beute 'ne Stange Geld wert gewesen. Die Perlen konnten nie gefunden werden. Auch von Castellenots Freunden war in den Zeitungen die Rede. Nicht alle waren Kriminelle. Raoul war ein vornehmer Einbrecher gewesen, eine Art Arsène-Lupin-Verschnitt. Sozusagen ein Freund von Literatur und Kunst. Ich mußte an seine Zeilen denken, in denen man noch Spuren davon finden konnte.

Dann sah ich mir einen Plan vom unterirdischen Paris an. Das 14. Arrondissement ist ausgehöhlt wie ein Schweizer Käse. Schließlich verließ ich das prosaische Gebäude in der Rue de Richelieu. Aus einem Bistro in der Nähe rief ich Monsieur Grandier von der Internationalen Versicherungsgesellschaft an. Er war mal sehr zufrieden mit meiner Arbeit gewesen. Ich bat ihn, mich mit einem hohen Tier von der Konkurrenzfirma Mondial-Albatros bekanntzumachen.

„Am besten Loriot", sagte er. „Ein Freund von mir. Er kennt Sie. Hab ihm damals von Ihnen erzählt. Hier seine Nummer..."

Kurz darauf hatte ich den Mann an der Strippe. Nach den üblichen Höflichkeitsfloskeln kam ich zur Sache.

„Haben Sie inzwischen die Perlen von Lascève wiedergefunden?"

„Nein, leider!"

„Steht die Prämie noch?"

„Ja. Haben Sie eine Spur?"

„Vielleicht."

„Ich hoffe, bei Ihnen steckt mehr dahinter als bei dem anonymen Anrufer von neulich."

„Ein anonymer Anrufer?"

„Ja. Hat uns diesselbe Frage gestellt wie Sie."

„Bestimmt haben Sie nicht persönlich mit ihm gesprochen?"

„Doch. Wissen Sie, für uns bleibt der Fall wichtig. Wir verfolgen jede Spur."

„Und der Mann hat nicht seinen Namen genannt?"

„Nein."

„Hatte er einen Akzent?"

„Nein. Aber er flüsterte nur. Ja, er flüsterte."

„Vielen Dank, Monsieur Loriot."

* * *

Ich ging zu Anatole Jakowski in die Rue des Mariniers.

„Sie hatten einen verdammt guten Tag", begann ich ohne Umschweife, „als Sie diese Büste mit den Schnecken und Muscheln gekauft haben. Schon mal was von Jeff Hariston gehört? Ein Staatenloser, der 1939 in Montparnasse wohnte. War mit einem Gangster namens Castellenot befreundet, steht in den Zeitungen von damals. Jeff Hariston kleckste 'n bißchen rum, fertigte aber auch poetische Kunstobjekte an, in der Art wie Ihr Paradestück."

„Hab ihn gekannt, diesen Jeff Hariston. Nur flüchtig, aber..."

„Stammt Ihre Büste vielleicht aus seiner Sammlung?"

„Möglich ist alles. Er ist während der Okkupation gestorben. Seine Sammlung war natürlich ‚entartete Kunst' und ist verschwunden. Nur... woher soll ich wissen, ob meine Büste von ihm stammt?"

„Hat er seine Objekte nicht signiert?"

„Nein."

„Na ja, schade. Aber hören Sie sich an..."

Ich rezitierte:

„Für die Schönheit der Büste
die Zähne der Austern
den goldnen Schleim der Schnecken
verschlungen verdaut die Brüste
oh, meine Leiche am Strand...

Paßt der Text nicht wunderbar zu Ihrem guten Stück?"

„Ja, kommt hin. Von wem ist er?"

„Von einem Verrückten. Castellenot, ein Gangster, der 1939 Perlen von immensem Wert abgeräumt hat. Die Beute ist nie wiedergefunden worden. Ich kann mir vorstellen, daß er sie in einem der Objekte seines Freundes Jeff Haristion versteckt hat. Und die Erinnerung daran schlägt sich in seinem Gedicht nieder. Die Zeilen, die ich Ihnen gerade vorgelesen habe, wiederholen sich nämlich immer wieder."

„Sagen Sie... sagen Sie mal", stotterte Jakowski, „diese Perlen... wieviel..."

„Mehrere Millionen."

„Mehre..."

„Zeigen Sie mir Ihre Büste?"

Wir gingen in das Zimmer, wo das Ding stand. Ich sah die Büste jetzt mit ganz anderen Augen. Sie erschien mir noch aufregender.

Jakowski räusperte sich:

„Was jetzt?"

„Sie gehört Ihnen doch, oder?" fragte ich zurück. „Es steht Ihnen frei. Aber an Ihrer Stelle würd ich hier 'ne Schnecke abmachen, da 'ne Muschel..."

Vorsichtig, ganz vorsichtig – um sie hinterher wieder ankleben zu können – entfernten wir mehr als die Hälfte. Für die Katz. Das Endlos-Gedicht des Verrückten paßte zwar ganz wunderbar zu der Büste aus dem Museum Jakowski. Aber die Lascève-Perlen waren woanders. Wär auch zu schön gewesen!

* * *

Ich aß mit Hélène zu Abend.

„Das waren also Ferrands Millionen", sagte ich. „Er glaubte, den Perlen auf der Spur zu sein. Und weil er's alleine nicht schaffen konnte, hat er mich angerufen. Die Ratten von Montsouris wollte er nicht einweihen. Mit der Polizei hätte er eventuell Ärger gekriegt. Mit mir hätte er nur die Prämie teilen müssen. Tatsächlich 'ne ganz saubere Sache."

„Ist er durch den Einbruch bei Gaudebert darauf gekommen?" fragte Hélène.

„Nicht direkt. Aber bei Gaudebert hat er Henriette gesehen. Zwar nicht persönlich, aber vielleicht auf Fotos. Fotos von ihr und ihrem Vater. Henriette liebt ihren Vater sehr. Sie hat bestimmt Fotos von ihm im Zimmer hängen. Ferrand hatte schon lange nichts mehr von Freund Castellenot gehört. Hielt ihn für tot. Und jetzt findet er die Tochter und gleichzeitig den Beweis, daß sein Freund noch lebt. Er findet auch die Visitenkarte des Psychiaters, der ihn behandelt, notiert die Telefonnummer. Ein Kinderspiel, zusammen mit mir über den Arzt an den Geisteskranken ranzukommen, die Perlen wiederzufinden und die Prämie zu kassieren. Ferrand hat bei der Versicherungsgesellschaft angerufen, wegen der Prämie."

„Aber warum ist er ermordet worden?"

„Aus purem Zufall, nehme ich an. Hab lange darüber nachgedacht. Trotz aller Vorsicht haben seine Komplizen gemerkt, daß er was vorhatte. Und eben diese Ratten von Montsouris... aber das erzähl ich Ihnen später. Ja, seine Kollegen haben was geahnt und wollten natürlich wissen, was er im Schilde führte. Sie schickten ihm einen Kerl auf den Hals, einen Araber. Und jetzt der Zufall: genau dieser Araber hat geschworen, Ferrand die Kehle durchzuschneiden. Wegen der Liebesgeschichte... Er nutzt die Gelegenheit und zieht das Rasiermesser. Mit gutem Gewissen, denn er tötet ja einen Verräter. Tja, und dieser Mord hat wohl 'ne Menge Komplikationen nach sich gezogen."

„Welche?"

„Das muß ich mir noch genauer überlegen, um keine voreiligen Schlüsse zu ziehen. Was die Perlen angeht, so bleiben sie nach wie vor verschwundn. Da, wo ich sie vermutete, sind sie schon mal nicht. Und die Prämie steht immer noch. Vielleicht kann die schöne Henriette mir helfen. Wenn sie in ihren Kindheitserinnerungen kramt... Ich werd sie morgen mal besuchen. Muß nur versuchen, einen intelligenten Eindruck zu machen. Sie mag keine Idioten, hat sie gesagt."

Hélène hob skeptisch die Schultern.

„Und was wollten Sie mir noch über die Ratten von Montsouris erzählen?“ fragte sie.

„Daß der Chef der Bande sich in den Kellern nicht nur mit Wein und Schnaps versorgt. Entweder sucht er einen Eingang zu den Katakomben oder einen bestimmten Gang. Sie erinnern sich doch an die Höhlenforscher an der Place Victor-Basch, von denen uns Ralph Messac erzählt hat?“

„Natürlich.“

„Das waren auch die Ratten.“

„Sind Sie sicher?“

„Ich könnte es beschwören.“

Hélène runzelte die Stirn.

„Aber... Die sind doch bestimmt mit aufs Revier genommen worden, oder?“

„Klar.“

„Und und um die Namen zu erfahren...“

„... müssen wir nur die Liste des entsprechenden Polizeikommissariats durchgehen. Ja, mein Schatz.“

„Werden Sie Faroux darum bitten?“

„Im Augenblick nicht. Ich brauche noch etwas Ellenbogenfreiheit. Und der Mörder von Marie Courtenay kann warten... falls er zu den Höhlenexperten gehörte.“

„Und warum sollten sich die Ratten für die Katakomben interessieren?“ fragte Hélène.

„Weil Castellenot einige Zeit da unten gelebt hat.“

„Sie meinen...“

„... daß die Ratten ebenfalls hinter den Perlen her waren, ja. Und vielleicht haben die bei Gaudebert eingebrochen, um zusätzliche Informationen zu kriegen. Die Verwandtschaft zwischen Castellenot und Madame Gaudebert war ja ziemlich bekannt...“

Ich lachte.

„... Und Ferrand hat gedacht, er hätte die Entdeckung seines Lebens gemacht!“

19

Die Mausefalle am grünen Wasser

Armand Gaudebert musterte mich überrascht und mißtrauisch. Auch wenn er das Gegenteil behauptete, er lebte in ständiger Angst vor Erpressern. Vergaß sogar sein gequältes Lächeln. Um seine Laune zu heben, sagte ich:

„Ich bin nicht gekommen, um Geld von Ihnen zu verlangen, sondern um Ihnen welches zu bringen. Wissen Sie, ich habe eine Schwäche: ich muß immer herumschnüffeln. Es ist stärker als ich. Na ja, und dabei hab ich rausgefunden, daß Sie nicht grade vermögend sind. Deshalb will ich Ihnen einen Vorschlag machen, der Ihnen mehrere Millionen einbringt. Und entschuldigen Sie, wenn ich mit der Tür gleich ins Haus falle."

Zuerst hatte er mich streng angesehen, nach dem Motto ‚Was geht Sie das an!'. Aber bei den mehreren Millionen fuhr er hoch.

„Mehrere... was?"

„Millionen."

Ungläubig schüttelte er den Kopf.

„Das versteh ich nicht. Warum behalten Sie die Millionen nicht selbst? Falls es überhaupt welche gibt... Warum wollen Sie sie mir geben?"

„Ganz offen: ich kann nicht anders. Ich gehöre keiner Gesellschaft zur Unterstützung ehemaliger Oberstaatsanwälte an. Aber ich brauche Ihre Hilfe. Genauer gesagt: die Ihrer Frau."

„Das versteh ich nicht", sagte er wieder.

„Werd's Ihnen erklären. Wir wollen das Kind beim Namen nennen. Angst vor Wörtern haben wir doch beide nicht, oder? Sie wissen, daß Henriettes Vater 1939 bei Lascève wertvolle

Perlen geklaut hat. Sie wissen auch, daß es dabei zwei Tote gegeben hat. Sie als Oberstaatsanwalt haben den Kopf des Raubmörders gefordert. Aber den haben Sie nicht bekommen. Zum Glück: sonst wär Ihre Ehe völlig unerträglich. Castellenot, Ihr Schwiegervater, hat danach abenteuerliche Jahre durchgemacht und ist langsam aber sicher verrückt geworden. Jetzt dämmert er in Sainte-Anne vor sich hin."

„Das ist mir bekannt", sagte Gaudebert.

„Dann ist Ihnen sicher auch bekannt, daß die Perlen sich nie wiedergefunden haben. Castellenot hat sie gut versteckt."

„Sollten Sie sie vielleicht wiedergefunden haben?" fragte er interessiert.

„Nein, aber Sie sollen mir dabei helfen."

„Sie sind spät dran, Burma. Wir haben auch schon nach den Perlen gesucht, aber nichts gefunden. Ich hätte sie gerne den Eigentümern zurückgegeben, um seine Tochter und ihn zu rehabilitieren. Aber wir haben leider nichts gefunden."

„Vielleicht habe ich Hinweise, die Sie nicht hatten. Ich bin Schnüffler, wie gesagt."

Schweigend sah er aus dem Fenster in den Parc Montsouris. Auf seinem Billardkugelkopf standen Schweißperlen.

„Was für Hinweise?" fragte er schließlich.

Er wandte sich weniger an Nestor Burma als an die Bäume im Park. Also konnte ich ausweichend antworten:

„Bitten Sie Ihre Frau, in ihren Kindheitserinnerungen zu kramen. Die unwichtigsten Kleinigkeiten könnten mir vielleicht Horizonte eröffnen."

Er drehte sich wieder zu mir.

„Welches Ziel verfolgen Sie, Burma?" fragte er väterlich. „Sie wollen sich die Perlen doch wohl nicht unter den Nagel reißen, nehme ich an? Und dazu noch mit meiner Hilfe..."

„Es ist eine Prämie ausgesetzt", sagte ich.

Er zog seine buschigen Augenbrauen hoch.

„Stimmt."

Langsam stand er auf.

„Warten Sie einen Moment. Ich werde Henriette fragen."

Kurz darauf kam er mit seiner Frau zurück. Sie lächelte. Ihre Augen leuchteten, wie gewöhnlich. Die junge Frau schien mir wegen meines Benehmens neulich nicht mehr böse zu sein. Wir gaben uns die Hand.

„Sie sehen, ich kümmere mich immer noch um Dinge, die mich nichts angehen“, sagte ich lächelnd.

„Ganz und gar nicht“, sagte sie charmant. „Im Gegenteil. Wir sind froh, daß Sie sich einmischen. Hoffentlich haben Sie Erfolg. Die Rückgabe der Perlen würde einen Teil der Vergangenheit auslöschen. Und wenn ich Ihnen behilflich sein kann...“

Konnte sie nicht. Damals war sie noch zu klein gewesen, um was mitzukriegen. Jedenfalls erinnerte sie sich an nichts. Sie sprach lange – die Errregung in ihrer Stimme war echt; jetzt war sie nicht mehr die elegantkokette junge Frau, sondern eine seltsame Mischung aus kleinem Mädchen und reifer Frau – sie sprach lange über ihren Vater, seine Vorlieben, seine Eigenarten. Aber viel konnte ich damit nicht anfangen. Auch das, was sie über ihre Gespräche mit dem Kranken in Sainte-Anne erzählte, war keine Offenbarung. Ich zog meine kleine Surrealisten-Nummer ab und rezitierte das Gedicht über die Schönheit der Büste. Man hatte mir schon häufiger gesagt, daß ich eine große Zukunft beim Theater habe. Ich erzählte auch von Jakowskis Büste, auf die der Text zugeschnitten war. Nichts weckte in Henriette eine Erinnerung.

Als wir uns verabschiedeten, war ich so klug wie zuvor.

Dunkelheit hüllte die Avenue Reille ein. Vor mir erhob sich düster der Wasserspeicher von Montsouris. Da drin waren mindestens zweihundert Millionen Liter Trinkwasser. Zweihunderttausend Kubikmeter, verteilt auf unterirdische Gewölbe, deren Pfeiler in immer kühlem, grünlich schimmerndem Wasser stehen. Und am Zugang zu dem untersten Behälter verrichten die Forellen als Zeugen für sauberes Wasser brav und still ihre Arbeit im öffentlichen Dienst.

Ich fuhr nach Hause, legte mich ins Bett, konnte aber lange keinen Schlaf finden.

Als ich Raoul Castellenot in meinem Zimmer sah, wußte ich, daß ich schlief. Er war mit dem Blut seiner Opfer beschmiert. Dann kam Armand Gaudebert hinzu in seiner roten Robe. Und Henriette, nackt unter dem Morgenmantel von Marie Courtenay, auf den roten Haaren einen scharlachroten Witwenschleier.

Sie lachte.

* * *

„Ich glaub, jetzt hab ich was rausgekriegt", sagte ich.

Henriette richtete ihre goldbraun leuchtenden Augen auf mich. Gaudebert neigte sein fettes Gesicht zur Seite.

„Ja?"

„Ja. Die Perlen haben mehrmals das Versteck gewechselt. Castellenot war ja nicht verrückt, wenn ich so sagen darf. Eins der Verstecke war die Büste, von der ich Ihnen erzählt habe. Die Texte, die er in Sainte-Anne schreibt, haben durchaus eine Bedeutung. Man muß sie nur richtig interpretieren. Und ich bin davon überzeugt, daß meine Interpretation richtig ist. Das Gedicht bezieht sich auf das Kunstobjekt meines Freundes. Aber in diesem Objekt haben wir nichts gefunden. Reden wir also nicht mehr darüber. Suchen wir lieber das Versteck, in dem Castellenot seine Beute zuletzt versteckt hat. Wo hat er die letzte Zeit als freier Mann – psychisch und physisch – verbracht? In diesem Viertel hier. *Unter* diesem Viertel, besser gesagt. In den Katakomben. Und deswegen..."

Ich wischte mir mit einem Taschentuch den Schweiß ab.

„... haben die Ratten von Montsouris das Viertel unsicher gemacht, hauptsächlich die Keller und Kellergeschosse..."

Gaudebert rief überrascht:

„Aber wie... wie..."

„Ja, Monsieur", fuhr ich fort, „auch diese Männer suchen die Perlen. Woher sie die Informationen haben, weiß ich nicht. Aber höchstwahrscheinlich wollen sie die Beute nicht zurückgeben, das können Sie mir wohl glauben..."

Ich wischte mir wieder den Schweiß ab.

„... Sehen Sie, das Vorgehen der Ratten unterscheidet sich zu sehr vom üblichen Vorgehen in dieser Branche. Und bei Ihnen hofften sie, zusätzliche Hinweise zu finden..."

Ich wandte mich an Henriette:

„... Die Verbrecher wissen, daß Sie die Tochter sind. Vielleicht hat Ihr Vater darüber gesprochen, als er noch bei Verstand war... Genug, um die Ratten mit der Nase auf die Katakomben zu stoßen. Aber nicht genug, daß sie wissen, wo genau sie suchen müssen. Und deswegen klappern sie das ganze Viertel ab. Aber die Ratten von Montsouris interessieren uns überhaupt nicht. Seit einiger Zeit hört man nichts mehr von ihnen. Vielleicht haben sie's aufgegeben... Für uns ist dieses Viertel interessant. Hier sind möglicherweise die Perlen versteckt. Castellenots Texte weisen auf eins der früheren Verstecke hin. Warum sollten sich nicht auch Hinweise auf das jetzige finden lassen? Ich hab mir die Texte noch mal genauer angesehen... und einen Satz gefunden, der sehr häufig wiederkehrt, ohne Bezug zum Kontext. So als wollte er die Aufmerksamkeit des Lesers bewußt darauf lenken: ‚*Auf der Brust oder vor den Sternen schwimmen die Forellen wie Gebeine*...' Forellen! Wo gibt's hier im Viertel Forellen? Im See vom Parc de Montsouris? Nein! Aber im Aquarium des Wasserspeichers, gleich hier in der Nähe! Und der Speicher steht auf einer Grube, die mit den Katakomben in Verbindung steht. Ich glaube, dort sollten wir suchen. Im Aquarium, das heißt in der Mauer, vor der die Forellen rumschwimmen..."

* * *

Ein paar Tage später rief mich Armand Gaudebert an:

„Ich habe die Erlaubnis bekommen, den Wasserspeicher zu besichtigen. Wie Sie mir gesagt haben. Heute nachmittag können wir rein. Kommen Sie zum Mittagessen zu uns?"

„Ich weiß nicht, ob.."

„Doch, doch. Lassen Sie sich nicht bitten. Henriette besteht darauf."

„Gut, ich nehme an. Vielen Dank."

Ich legte auf. Vor Aufregung schlug mir das Herz bis zum Hals. Die Perlen! Die Forellen wie gekreuzte Gebeine! Perlen vor die Säue und Gebeine vor die Schaufel!

* * *

Der glühend heiße Hof reflektierte Hitze und Licht. Wir spürten unter unseren Schuhsohlen den heißen Kies. Ein herrlicher Sommertag, wie geschaffen für Freude und Vergnügen. Einer von den Tagen, an denen ich mich erstaunt frage, warum es überhaupt Verbrecher gibt. Das Leben kann so schön sein!

Der Mann, der uns wohl durch die Gebäude führen sollte, war schon etwas älter, kurzbeinig und freundlich. Die schwere Laterne in seiner Hand zog seine Schultern nach unten. Galant begrüßte er Henriette. Und zu Gaudebert gewandt, der sich auf dem Hof interessiert umschaute, sagte er:

„Der Ort scheint Ihnen zu gefallen, Monsieur."

„Ja", antwortete Gaudebert. „Solche Bauwerke sind immer interessant. Beginnen wir mit dem unteren Bassin? Ich glaub das ist das größere und interessantere."

„Wie Sie wünschen, M'sieur", sagte unser freundlicher Führer. „Der untere Behälter wird unterer Behält genannt, weil er unter dem anderen liegt; aber von seiner Kapazität her gesehen ist er dem darüber überlegen. Überlegen Sie mal: er faßt einhundertfünfundzwanzigtausend Kubikmeter. Ein hübsches Schwimmbecken, hm? Sein Wasserstand erreicht etwa fünf Meter. Mit anderen Worten, man kann nicht drin stehen. Und hineinspringen sollte man lieber nicht. Das Wasser ist eiskalt. Wenn Sie mir jetzt bitte folgen wollen... Hier entlang, Messieurs-dame..."

Er musterte Henriette. Sie hatte nicht viel an unter ihrem Rock und ihrer Bluse.

„... Ich hoffe, Madame wird nicht frieren. Dort drin herrscht nämlich nicht dieselbe Temperatur wie hier draußen..."

Er hatte recht. Durch eine Eisentür gelangten wir in einen dunklen und saukalten Vorraum. Der Boden war feucht, stellenweise sogar schlammig. Mit meinen Kreppsohlen hätte ich mich beinahe auf den Bauch gelegt. Monsieur und Madame Gaudebert setzten ihre Sonnenbrillen ab.

Unser Führer öffnete eine zweite Tür, hinter der uns Wassergeplätscher empfing. Er drehte an mehreren Lichtschaltern, und an den Wänden flammten Glühbirnen hinter Schutzgittern auf. Unsere Blicke richteten sich auf die Aquarien mit den Forellen. Hinter dem dicken Glas schwammen die Fische hin und her. Kümmerten sich 'n Dreck um die Besucher! Unter dem mittleren Aquarium befanden sich mehrere Wasserhähne, aus denen klares Wasser in eine Schale floß. Unser Führer nannte das den „Ausschank". Lange Thermometer – jedenfalls sahen die Apparate so aus – badeten in dem Wasser, das ständig erneuert wurde.

Ich zwinkerte Gaudebert zu, stieß ihm weniger vornehm als vielsagend in die Seite und zeigte auf die Forellen. Gaudebert zuckte zusammen. Henriette verfolgte die munteren Fische mit einem Lächeln auf ihren schönen Lippen.

Unser Führer verschwand, um Scheinwerfer anzuknipsen. Wir waren alleine. Gaudebert beugte sich vor.

„Das sehen wir uns später an, nicht wahr?"

„Ja, ja", murmelte ich.

„Wie können wir..."

„Später, später, wie Sie schon sagten."

„Kommen Sie dann?" fragte der Führer, der plötzlich wieder neben uns stand.

Henriette erschauerte.

„Sehen Sie, ich habe Sie gewarnt!" sagte der Mann. „Ein richtiger Eisschrank ist das hier..."

„Ach, es geht schon", sagte Henriette.

„Also, hier entlang, bitte..."

Wir folgten ihm in einen dunklen feuchten Gang mit glitschigem Boden und ungemütlichen Mauerwänden. Der Mann hatte seine Laterne angeknipst. In dem tanzenden Lichtkegel tauchte hin und wieder eine Pfütze aus dem Dunkel auf. Plötzlich endete links die Mauerwand. Über eine niedrige Brüstung sahen wir den unteren, aber überlegenen Behälter. Er wurde von mehreren Scheinwerfern angestrahlt.

Die Stollen wiederholten sich endlos, spiegelten sich in dem Wasser wider, in dem die Säulen standen. Diese grünliche Flüssigkeit, klar und ruhig, heimtückisch, kalt und glatt, wirkte solide und starr. Man wagte nicht, laut zu sprechen. Nur Flüstern schien gestattet... oder Schweigen. Der leiseste Ton hallte wider und erstarb wie ein Seufzer im Dunkeln, wo man ganz unten, sehr weit weg, die Grenzen zu einem geheimnisvollen Geisterreich erahnte.

Man konnte sich noch so oft vorsagen, daß dieses Wasser – vorschriftsmäßig gebändigt, kanalisiert – dazu diente, Gemüse und Kaffee zu kochen oder unzählige Füße zu waschen. Es blieb dennoch ein erhabener Anblick.

Schweigend betrachteten wir das grünliche Wasser. Henriette stand zitternd neben mir. Als ich mich übers Geländer beugte, um auf den Grund des Bassins zu sehen, ging sie weg. Ich hörte, wie sie ein paar Worte mit dem Wärter murmelte. Dann hörte ich das saugende Geräusch seiner Schuhsohlen auf dem feuchten Boden. Wenige Sekunden später flammte ein weiterer Scheinwerfer auf, weit weg von uns. Daneben sah ich undeutlich zwei Gestalten. Henriette war ein heller Fleck. Der Mann befriedigte gestikulierend die Neugier der jungen Frau.

Ich tippte Gaudebert an.

„Wir sollten rübergehen“, flüsterte ich ihm zu.

„Ja... Aber... Sie werden doch keine Dummheiten machen, oder?“

„Wovor haben Sie Angst?“ fragte ich zurück. „Daß ich die Scheiben der Aquarien kaputtschlage, um an die Perlen zu kommen?“

„Na ja... äh... Machen Sie keine Dummheiten, mehr nicht."

„*Ich* werd schon keine machen", flüsterte ich.

Wir tasteten uns blind durch den dunklen feuchten Gang zurück.

Ständig rutschten wir aus. Plötzlich unterdrückte Gaudebert einen Schrei.

„Was ist?"

„Nichts. Ich hab die Mauer abgetastet und..."

Er keuchte.

„... plötzlich spürte ich nichts mehr. Komisches Gefühl..."

Er verstummte, ließ mich mutterseelenallein im Dunkeln zurück. Ob ich Schiß hatte, war ihm scheißegal.

„Wo sind Sie?" schimpfte ich. „Verdammt! Nicht der richtige Augenblick, um ins Wasser zu springen!"

„Aha!"

Das war Gaudeberts Stimme. Etwas verändert, weit weg. Ich tastete ebenfalls die Mauer ab, entdeckte die Öffnung und schlüpfte hinein. Natürlich stieß ich mir dabei die Birne. Gaudebert mußte hier hineingegangen sein.

Über eine Wendeltreppe im Inneren eines Pfeilers gelangte man auf eine schmale Plattform in Höhe des Wasserspiegels. Auf dieser Plattform stand Gaudebert und betrachtete die grünliche Fläche. Von hier aus war der Anblick noch überwältigender. Man spürte noch deutlicher die Feuchtigkeit, die aus der Wassermasse aufstieg.

„Was machen Sie da?" fragte ich.

„Hab mir die Treppe angesehen", antwortete Gaudebert. „Frag mich, wozu die gut ist."

Er drückte sich gegen die Wand, damit ich die Treppe besser sehen konnte. Von der Plattform aus führte sie ins Wasser. Erinnerte sehr an Atlantis.

„Sieht aus, als müßten sie manchmal das Wasser ablassen, um Reparaturen durchzuführen", sagte ich. „Wasser kann sehr gewalttätig sein. Sehen Sie, dort... und dort... noch so'ne Treppe..."

Ich stand jetzt am äußersten Rand der schmalen Plattform. Ob ihn meine Erklärungen interessierten? Der Augenblick des Handelns war gekommen. Lieber Gott! Geister der Wasser! Verspielte Wassernixen! Gebt das Zeichen!

Bald wär's mir so ergangen wie einer Ratte, einer Ratte von Montsouris, die vom Dreckwasser der Kloaken mitgerissen wird. Ich konnte dem Schlag nicht so ausweichen, wie ich ihm hätte ausweichen müssen: er traf meine Schulter. Aber die ist weniger empfindlich als der Kopf. Ein Schlag auf die Schulter schickt dich nicht in ein Bassin, das nur darauf wartet, dich mit seinen kalten Wassermassen wie mit einem Leichentuch zu bedecken. Trotzdem, ich verlor das Gleichgewicht und rutschte mit dem rechten Bein bis ans Knie ins Wasser. In Meaux-Trilport ist das weit angenehmer; außerdem laufen da schöne Mädchen rum. Ich sah zu, daß ich wieder auf die Beine kam, klammerte mich an die unebene Mauer. Damit mein nasses Bein wieder gut durchblutet wurde, trat ich nach vorne... vor Gaudeberts Schienbein.

„Jetzt bist du reif", rief ich. „Du hast es so gewollt, Richter!"

Das Wort „Richter" wurde durch das Echo von Pfeiler zu Pfeiler getragen. Wie ein Kieselstein hüpfte es über die glatte Wasserfläche, vielleicht bis zu den Katakomben, wo so mancher in Frieden ruhte, den abgeschlagenen Kopf zwischen den Beinen.

* * *

Gelächter rollte von Gewölbe zu Gewölbe, zuerst kristallklar, leise und frisch wie ein Aprilmorgen, dann nur noch widerlich, voller befriedigtem Haß, an den Grenzen des Wahnsinns. Ihr Vater war vielleicht nach vielen Nacken- und Schicksalsschlägen verrückt worden. Aber die Anlage dazu mußte schon vorhanden gewesen sein ... und sich bei ihr wiederfinden.

„Hören Sie, Richter?“ rief ich. „Hören Sie, wie sie sich lustig macht über Sie? Sie hat Sie nach Strich und Faden verarscht.“

Als Antwort war nur das Gelächter zu hören, das jetzt alles übertönte.

Langsam stieg ich die Wendeltreppe hoch zu dem dunklen Gang. Vorsichtig, die Kanone in der Hand, tastete ich mich vorwärts. Hin und wieder stieß ich eine Beleidigung aus.

Nichts. Nichts als das schwachsinnige Lachen des kleinen Mädchens, das ihren Papa heiß und innig liebte, das geschworen hatte, ihn zu rächen, das den Oberstaatsanwalt gesucht und gefunden hatte, der Papas Kopf gefordert hatte. Die hübsche junge Frau konnte ihn mühelos auf ihrem Bett kreuzigen, wie in einer Gruft voller giftiger Gerüche. Sie konnte lachen. Zuerst hatte sie ihn ruiniert, dann seinen Untergang besiegelt. Sie hatte aus ihm einen Verbrecher gemacht, einen Bandenchef, einen armen Irren, einen dieser erbärmlichen Blödmänner, die vor seiner roten Robe niemals Gnade gefunden hatten. Sie konnte lachen. Ein ausgezeichneter Witz! Ihr Vater in seiner Gummizelle würde niemals was erfahren. Und selbst wenn man's ihm erzählte, würde sein verwirrtes Hirn es nicht begreifen. Irgendwie schade.

„Richter!“ rief ich wieder. „Schluß mit dem Versteckspiel! Worauf spekulieren Sie? Sie kommen hier sowieso nur raus, um in den Knast zu wandern. Ihr Spiel ist aus!“

Nichts. Stille. Sogar das Lachen war verstummt. Ich ging noch ein paar Schritte, bis zum Ende der Mauer. Das Wasser war immer noch klar, glatt und kühl. Wie das Nichts. Ich fuhr herum. Jemand kam durch den dunklen Gang auf mich zu. Eine sanfte, einschmeichelnde Stimme sagte:

„Bravo, Monsieur Burma! Sie haben gute Arbeit geleistet. Aber mir wär's lieber gewesen, er hätte Sie getötet. Niemals hätte er sich aus der Affäre ziehen können ...“

Sie trat aus der undurchdringlichen Dunkelheit auf mich

zu, weiß wie ein Gespenst. Unter Ihrer halb aufgeknöpften Bluse atmete es heftig. Ihre goldbraunen Augen glänzten seltsam. Die roten Haare sträubten sich. Und die sinnlichen Lippen schienen einen Kuß zu begehren.

„Er wird sich auch so nicht aus der Affäre ziehen können", sagte ich. „Und Sie sich auch nicht."

„Ach, mir ist das doch scheißegal!" antwortete sie in ordinärem Ton.

„Was haben Sie übrigens mit unserem Führer gemacht?" fragte ich.

Sie antwortete, als wär's das Normalste der Welt:

„Ich hab ihm eins mit seiner Laterne verpaßt."

Und lächelte!

Irgendwo in der Dunkelheit stöhnte eine schwere Eisentür in der Angel. An der Stelle, von der das Geräusch kam, sah ich schwaches Licht. Ich stürzte darauf zu, das Mädchen im Schlepptau. Langsam schob ich die schwere Eisentür auf.

Zwei schwache Glühbirnen brannten an der hohen Decke des großen Raumes, der nach überflutetem Keller roch. Eine Eisentreppe mit rutschfest geriffelten Stufen führte zu riesigen Rohren, die in einem Tunnel verschwanden. Von hier aus machte sich das Trinkwasser auf den Weg in die Wasserhähne der Verbraucher. Aus schadhaften Dichtungen tropfte Wasser in kleine Pfützen.

Ich stieg die nasse Treppe hinunter, hielt mich an dem kalten Geländer fest. Dann folgte ich dem dicksten Rohr.

Er hatte versucht, sich durch die Abwasserkanäle aus dem Staub zu machen. Aber so einfach ist das nicht. Die Spalten, durch die man in die Kanäle gelangen kann, sind nicht immer breit genug.

Er kauerte in einer Ecke, in die Enge getrieben. Obwohl ich auf alles gefaßt war, überraschte mich sein Angriff. Keuchend stürzte er sich auf mich, klammerte sich fest. Sein stinkender Atem blies mir ins Gesicht. Wir rollten über den Boden. Er verpaßte mir noch eins mit dem Knüppel, den er eben schon benutzt hatte. Auch diesmal konnte ich mehr oder weniger geschickt ausweichen. Dann machte er sich los und rannte – schneller, als ich es vermutet hatte – zur Eisentreppe, stieg *prestissimo* nach oben. Dort wartete Henriette auf ihn, gegen die Tür gelehnt. Aber so weit kam er nicht. Die Treppe war eine richtige Rutschbahn. Gaudebert setzte sich auf den fetten Arsch, kam aber mit verblüffender Schnelligkeit wieder auf die Beine. Aber jetzt wurde er von der jungen Frau gebremst. Mit dem hohen spitzen Absatz trat sie ihm mit voller Wucht in die Fresse. Zum zweiten Mal fiel der Oberstaatsanwalt hin.

Er heulte auf, dann knurrte er wie ein verendendes Tier. Er lag auf dem Rücken, reglos, ein Bein gegen das Geländer gestützt. Das Hosenbein hatte sich korkenzieherartig hochgeschoben und ließ eine behaarte Wade sehen. Mit aller Kraft drehte er sich wie ein dicker fetter Pfannkuchen auf den Bauch. Auf allen Vieren sah er mich an, aufgedunsen, wächsern, völlig kaputt. Das gequälte Lächeln in seinen Mundwinkeln war eine tiefe Kerbe.

„Messieurs-dames, das Hohe Gericht!" rief ich lachend. „Los, aufstehn! Angeklagter, erheben Sie sich!"

„Keine Bewegung", sagte er trocken.

Er stützte sich auf den linken Arm. In der Rechten hielt er meine Kanone. Diese Treulose! Ich war entäuscht. Im Handgemenge hatte sie den Partner gewechselt. Staatsanwälte sind wirklich nicht der richtige Umgang!

„Markieren Sie bloß nicht den wilden Mann!" riet ich ihm. „Was wollen Sie denn mit dem Revolver? Hätten Sie mich ins kalte Wasser geschmissen, dann wär ich sicher am Herzschlag gestorben – vor allem nach dem guten Essen bei Ihnen. Ein Unfall, mehr nicht. Aber wie wollen Sie Ihren Kollegen klarmachen, daß die Kugel in meinem Kopf auch 'n Unfall war? Los, geben Sie mir das Schießeisen zurück. Ich hab wenigstens einen Waffenschein. Sie vermutlich nicht."

Ich ging einen Schritt auf ihn zu.

„Bleiben Sie, wo Sie sind!" rief Gaudebert.

Die Augen unter den buschigen Brauen blitzten wie wahnsinnig.

Ich blieb stehen. Er zog sich am Geländer hoch.

„Bleiben Sie, wo Sie sind!" wiederholte er. „Und versuchen Sie nicht, mir zu folgen!"

„Ihnen zu folgen?" lachte ich. „Wohin denn? Idiot! Selbst wenn die Perlen oben im Aquarium wären, hättest du gar keine Zeit, sie zu finden und damit abzuhaun. Aber die Perlen sind gar nicht da! Sind nie da gewesen... sind sozusagen nirgendwo gewesen. Es stellt sich sogar die Frage, ob sie jemals existiert haben."

„Was?"

Die Frage war wie ein Klagelaut. Jetzt begann der lustige Teil der Vorstellung.

„Aber ja, du alter Esel in roter Robe! So ist das nun mal. Castellenot hat die Perlen zwar geklaut, aber ist sie wohl ziemlich schnell wieder losgeworden... natürlich nicht freiwillig. Soll ich dir mal was verraten? Ich glaube, die Leute von der Gestapo haben sich die Steinchen an Land gezogen. Als Castellenot nämlich zum ersten Mal von den Deutschen geschnappt wurde, wurde er wegen Mangels an gutem Willen zum Tode verurteilt. Denn die Deutschen haben sich bestimmt auch für die Beute interessiert. Aber er wird von anderen Deutschen gekidnappt. Denen soll er angeblich entwischt sein. Ja, Scheiße! Sie befreien ihn, weil er's kapiert und in den sauren Apfel gebissen hat. Weiß der Teufel, wo der Kram geblieben ist, als die Deutschen wieder abgezogen sind. Und weißt du was? Die Jungs sind korrekt... auf ihre Weise. Als unser Raubmörder wieder geschnappt wird, läßt man ihn leben... und laufen. Zu den Widerstandskämpfern, bei denen er sich mehr oder weniger seine Unschuld zurückholen kann."

„Das ist nicht wahr", keuchte Gaudebert. „Das ist nicht..."

„Schnauze, Richter!" fuhr ich ihn an. „Du sagst das nur, weil dir jemand immer wieder erzählt hat, die Perlen seien irgendwo versteckt. Mit etwas Ausdauer könne man an sie rankommen, hat dir der Experte gesagt. Dieser Experte steht da oben und lacht sich schlapp! Sieh sie dir an!"

„Lach mich ruhig aus", fauchte Gaudebert, ließ mich aber nicht aus den harten Augen und hielt immer noch meinen Revolver auf mich gerichtet. „Lach mich ruhig aus! In meiner Situation..."

„In deiner Situation", unterbrach ich ihn, „hast du das Recht, alles zu erfahren, Dicker. Wie ein zum Tode Verurteilter, dem ein letzter Wunsch erfüllt wird."

Ich sah hoch zu Henriette.

„Hab ich recht, Nemesis?"

„Vollkommen", antwortete die strafende Gerechtigkeit, wie immer mit sanfter Stimme.

Ich wandte mich wieder an Gaudebert:

„Hörst du's, Richter? Sie hat dich verführt, um ihren Vater zu rächen. Wenn der nicht geköpft worden ist, dann war das bestimmt nicht deine Schuld! Er taugt zwar nicht viel, der Kopf, aber er ist noch dran. Ja, Alter, sie hat dich nur aus diesem einen Grund verführt. Denn nicht du hast sie bei dir aufgenommen und erzogen, weil du so furchtbar anständig bist und ‚wiedergutmachen' wolltest, wie du neugierigen Privatdetektiven erzählst! Sie war's, die dich arme Sau aufgerichtet hat. Denn das warst du nach der Befreiung: eine ganz arme Sau. Ihren Trost konntest du natürlich gut gebrauchen. Möchte nur wissen, was das für'n Gefühl ist: mit einem Kerl schlafen, der den Kopf des Vaters gefordert und sogar bekommen hat! Möchte aber auch wissen, ob du nicht so was wie sadistische Gefühle verspürt hast... angenehm prickelnd..."

„Scheißkerl!" fauchte er.

Ich zuckte die Achseln:

„Hab dich nicht um deine Meinung gebeten. Gut! Also, sie verführt dich, wickelt dich um den Finger, daß du mit den wenigen Bekannten brichst, die du noch hast. Und dann ruiniert sie dich... ganz langsam... um dir schließlich von den Perlen zu erzählen. Du sollst eine Dummheit nach der anderen machen, bis zum sicheren Untergang. Und sobald du so richtig in der Scheiße stecken wirst, wird sie auspacken, dich vor aller Welt bloßstellen! Ich weiß nicht, wie sie's fertigbringt, aber schließlich steht ihr beide an der Spitze einer Verbrecherbande, den Ratten von Montsouris. Ihr tut so, als würdet ihr einbrechen – und hier und da klaut ihr auch 'ne Kleinigkeit! –, aber in Wirklichkeit sucht ihr einen Zugang zu den Katakomben. Angeblich soll der Schatz da unten liegen. Was meinst du, wie sich deine Nemesis amüsiert – am meisten über dich, du Hornochse –, daß ihr euch immer mehr in die Sache verbeißt! Und alles für die Katz! Sie freut sich schon auf den Tag, an dem ihr geschnappt werdet. Aber da nimmt die Geschichte, in die der Herr Oberstaatsanwalt mit der roten Robe und der weißen Weste verwickelt ist, eine unerwartete, richtig aufregende Wende: Bei dir selbst wird eingebrochen! Dafür gibt's zwei Erklärungen. Erstens: du läßt deine Komplizen absichtlich bei dir einbrechen, damit sich niemand wundert, warum du in deiner gesellschaftlichen Stellung keinen Besuch von ihnen kriegst. Erklärung Nr. 2: Eine der Ratten von Montsouris, nämlich der Mann, der weiß, für wen und für was er arbeitet. Er hat den Einbruch arrangiert, um sich zusätzliche Informationen über das Versteck der Beute zu verschaffen, mit denen er das Ding alleine schaukeln kann... Na ja, egal... Die Ratten von Montsouris gehen dir an den eigenen Käse. Nun ist seit kurzem ein Neuer dabei, Ferrand, früher ein enger Freund von Castellenot. Ferrand schnüffelt etwas in deiner Wohnung rum... und findet Fotos von seinem Freund, von seiner Tochter und wahrscheinlich auch Briefe und Dokumente, aus denen hervorgeht, daß Castellenot nicht tot, sondern nur verrückt ist und sich in Sainte-Anne befindet. Ferrand kennt die Perlengeschichte, weiß, daß die Beute nie gefunden wurde. Er wittert sofort eine Chance, sich aus seiner Scheißsituation zu befreien. Er wendet sich an einen zuverlässigen Kerl. Fühlt ihm zusätzlich noch mal auf den Zahn, um sicher zu sein, daß er ihm vertrauen kann: Nestor Burma, ein ehemaliger Kriegskamerad. Denn für seine Aktion braucht er einen zuverlässigen Komplizen. Und Nestor Burma weiß bestimmt an besten, wie man die Sache anpackt. Also, Ferrand ruft mich an. Leider muß er sich irgendwie verraten haben. Zuviel Vorsicht ist manchmal auch nicht gut. Er wird beim Telefonieren abgehört. Was hat er wohl einem Privatflic zu erzählen? Also geht man zum Gegenangriff über. Man setzt sich eilig mit dem Spürhund in Verbindung und zeigt ihm einen fingierten Erpresserbrief von Ferrand. Burma trifft Ferrand noch am selben Abend. Er wird ihm von dem Erpressungsversuch erzählen. Ferrand wird leugnen, aber Burma wird ihm nicht mehr Glauben schenken als einem ehemaligen Oberstaatsanwalt. Sollte aber die Erpressung gar nicht zur Sprache kommen und Ferrand verleumderische Gehässigkeiten über Monsieur Gaudebert loslassen, wird Burma einen Zusammenhang zu dem Erpressungsversuch herstellen; denn er weiß ja davon..."

Komischerweise verspürte Gaudebert an dieser Stelle das Bedürfnis, sich zu verteidigen. Er wußte besser als sonst jemand, daß alles zum Teufel war. Aber trotzdem wollte er sich verteidigen. Oder war es nur das Bedürfnis, ein Plädoyer zu halten?

„Du bist ein Idiot, Nestor Burma", legte er los. „Warum sollte ich die ganze Komödie inszenieren? Wenn ich nicht gewollt hätte, daß Ferrand mit dir zusammenkam, hätte ich ihn doch einfach vorher umlegen lassen können!"

Ich lachte:

„Einspruch abgelehnt, Euer Ehren! Zu dem Zeitpunkt war noch kein Blut geflossen, und du wolltest auch keins fließen lassen. Dich interessierte nur, was Ferrand mir zu erzählen hatte. Zum Äußersten wolltest du's gar nicht kommen lassen. Nur hatte der Teufel Nemesis geritten, und dich hatte Gott verlassen. Der Araber Mohammed hält sich nicht an die Anweisungen und begleicht eine persönliche Rechnung. Ergebnis: kein Ferrand mehr."

Henriette stand oben an der Tür. Schweigend hörte sie meinem Bericht zu, wie ein braves kleines Mädchen. Plötzlich wurde sie von einer Art Schluckauf geschüttelt. Darauf folgte wieder ihr Lachen, das mir von eben noch schaurig in den Ohren klang.

„Hör sie dir an, Richter“, rief ich. „Als sie von dem Mord erfuhr, hat sie bestimmt nicht so gelacht. Obwohl sie durchaus Lust dazu hatte. Das holt sie jetzt ausgiebig nach…“

Auch Gaudebert erschauerte. Ich fuhr fort:

„… ’ne verdammte Scheiße, der Tot des Tätowierten! Vor allem, weil in der Nacht eine Rothaarige in dem Abbruchhaus war. Die hatte nichts Besseres zu tun, als über die Leiche zu stolpern. Das konnte gefährlich werden. Jetzt war Blut geflossen… aus Ferrands Kehle. Es gab kein Zurück mehr. Für so was existiert kein blutstillendes Mittel. Aber Nemesis ist nicht so ganz glücklich über den Lauf der Dinge. Du steckst zwar in der Scheiße, Richter, aber nicht so sehr, wie sie sich’s vorgestellt hat. Nicht du hast Ferrand getötet. Und du wirst auch nicht Marie Courtenay töten. Nemesis muß dich unbedingt dazu bringen, dir selbst die Hände schmutzig zu machen. Müßte schon mit dem Teufel zugehen, wenn sich dazu nicht früher oder später die Gelegenheit böte. Und sie wird sich bieten! Ich mach mich auf die Jagd nach den verschwundenen Perlen. Zerbrech mir den Kopf, um das Versteck zu finden. Finde auch eins – das einzige wahrscheinlich, das jemals existiert hat! –, aber leer. Während ich mir den Kopf so zerbreche, ahne ich diese schreckliche Geschichte von Haß und Rache. Um Klarheit zu schaffen, nehme ich mit euch beiden wieder Kontakt auf und stelle euch diese Falle hier. Dein Verhalten wird mir schon zeigen, ob ich auf dem Holzweg bin oder nicht. Ich erfinde die Geschichte mit den Forellen. Henriette weiß zwar, daß die Perlen nicht im Aquarium sind; aber sie weiß nicht, daß die Forellengeschichte auf meinem Mist gewachsen ist. Sie meint, ich wolle den Speicher hier ohne Hintergedanken besichtigen. Das ist *die* Gelegenheit, Gaudebert zu einem blutigen Verbrechen zu treiben! Sie sagt dir, daß dieser verflixte Burma gefährlich wird; daß er sich seit einiger Zeit zu intensiv um euch kümmert; daß man ihn loswerden muß… und daß du das am besten hier drinnen erledigst. Während sie den Wärter beschäftigt, schmeißt du den Privatflic ins stille tiefe kühle Wasser. Nach dem üppigen Mahl in eurem gastfreundlichen Haus wird der Kerl wohl dabei draufgehen. Nur hab ich diesen Speicher ausgesucht, eben *weil* er sich für solche Schweinereien bestens eignet. Wollte sehen, ob du die Gelegenheit wahrnimmst... Und du hast sie wahrgenommen! Ich sollte dabei draufgehen, aber du wärst auf jeden Fall auch draufgegangen. Sie hätte dich sofort bei den Flics angeschissen. Und der Wärter hätte bestätigt, daß es ein vorsätzlicher Mord war. Du hast doch gehört, was er gesagt hat, oder? ‚Der Ort scheint Ihnen zu gefallen, Monsieur.' Für mich liegt der Fall klar. Meine Damen und Herren Geschworenen, dieser Mann ist schuldig..."

„Hure!" heulte Gaudebert.

Ich beendete mein Schlußplädoyer und warf mich auf den Boden. Wollte für ihn keine Zielscheibe sein. Er hatte die ganze Zeit nicht auf mich geschossen, und er würde auch jetzt nicht schießen... hatte ich gedacht! Ein richtiger Richter! Wie hatte ich ihn nur dazu animieren können, mich umzulegen? Der Revolver spukte blaue Bohnen, aber keine einzige fand den Weg zu dem Rohr, hinter dem ich Deckung suchte. Vorsichtig riskierte ich einen Blick.

Gaudebert stand auf der Eisentreppe, mit dem Rücken zu mir. Sein rechter Arm hing wie leblos herunter, in der Hand meine Kanone. Oben vor der Eisentür stand Henriette. Sie umklammerte mit beiden Händen das Geländer, schwankte hin und her. Mir war zum Kotzen zumute. Gaudebert hatte wohl das ganze Magazin leergeschossen.

Ich stürzte aus meiner Deckung hervor. Bei dem Geräusch drehte er sich um. Wie von der Tarantel gestochen, sprang er die restlichen Stufen nach oben, schnappte sich Henriette und warf sie die Treppe runter. Ich sah sie wie eine Puppe auf mich zukommen. Ihr Gesicht war verzerrt, der Mund stand offen. Ich sah ihre schönen weißen Zähne... und ihre Augen. Noch immer leuchteten sie, brannten vor Haß, der jetzt endlich befriedigt war. Die Frau einer Ratte, eines gemeingefährlichen Gangsters, eines harten Burschen. Wild entschlossen würde sie so lange wie möglich dem Tod widerstehen, um ihre Rache noch ein wenig auszukosten. Schutzpatron der Gangster, mach, daß sie lebt! Lange genug jedenfalls, um mich durch ihre Zeugenaussage aus der Scheiße zu ziehen, in die ich mich hineingeritten hatte!

Ich hatte nämlich keine übermäßig große Hoffnung, den Mörder lebend zu erwischen.

Er schlug die schwere Eisentür hinter sich zu. Behutsam legte ich das Mädchen auf den Boden und machte mich an die Verfolgung. Er rannte durch den dunklen Gang. Ich hörte das typische Spucken eines Revolvers, der nichts mehr zu spucken hat. Und dann hörte ich ein lautes Platschen. Ich beugte mich über das Geländer. Genau das hatte ich mir gedacht! Jetzt mußte erst mal das Trinkwasser aus diesem Bassin für den Verbrauch gesperrt und das Bassin desinfiziert werden.

Langsam ging ich zurück. Mein Fuß stieß gegen einen schweren Gegenstand. Ich hob ihn mechanisch auf. Eine saubere Sache hatte mir dieser Blödmann Ferrand eingebrockt. Mehrere Millionen!

Draußen auf dem Hof traf mich die blendende Sonne wie ein Keulenschlag. Schwankend ging ich auf die Flics zu. Der Wärter mußte wohl wieder zu sich gekommen sein und sie alarmiert haben. Sie kamen gerade richtig, um mich einzukassieren. Ohne sie genau zu sehen, ging ich auf sie zu, die Hände so hoch wie möglich erhoben. Mein Schatten auf dem Kiesweg war riesig. Ich ließ den schweren Gegenstand auf den Boden fallen: meinen Revolver.

Eine saubere Sache! Hatte mir nichts als Ärger eingebracht. Und jetzt standen die Flics vor mir. Der Ärger war noch nicht zu Ende!

Paris, 1955

Nachgang

Ein richtiger Zöllner, so wie die Leute sich einen Zöllner vorstellen, war er nie. Ein kleiner Steuerbeamter eher, der mehr schlecht als recht über die Runden kam. Ein paar Nachhilfestunden auf Violine und Mandoline für die Nachbarskinder sowie etwas Unterricht im Zeichnen waren nicht mehr als karges Zubrot. Seine eigenwilligen Bilder fanden zunächst kaum Liebhaber. Ein paar Dutzend Francs waren das Höchste, was er für seine lange Zeit belächelten Werke einlöste. Heute wären selbst gutbetuchte Interessenten froh, eines seiner Bilder, zu welchem Preis auch immer, auf dem freien Markt erwerben zu können. Aber Henri Rousseau, der zunächst verkannte Meister der Naiven, ist längst unverkäuflich. Reich an Freunden, wie Picasso oder Apollinaire, aber arm an materiellem Besitz, starb er als Hungerleider.

Dennoch war er wohl der einzige, dem es postum vergönnt blieb, daß vorübergehend gleich zwei Straßen nach ihm benannt waren. Und das kam so: Eine kleine Sackgasse am Parc Montsouris, dem Mäuseberg, wie er seltsamerweise heißt, war lange von Malern bewohnt, wie Fujita, Derain und Braque, die diesen Weg auf Rousseau, den Zöllner, den Douanier, tauften. Ein Name, den die Stadtverwaltung 1927 akzeptierte. 22 Jahre später gaben andere (?) Beamte einer unweit gelegenen Straße abermals den Namen des Zöllners Rousseau, so daß es alsbald zu Mißverständnissen kam, die schließlich aus der von Braque favorisierten Rue Douanier eine Rue Braque machten.

Eine andere Version will wissen, die Straße sei nach einem unbekannten Zöllner benannt worden, der sich dort ein Haus gebaut habe.

Der Zöllner Rousseau jedenfalls hat mich jahrelang begleitet. Kaum ein Taxifahrer hat die Straße gekannt, in der ich wohnte. Ungläubig und unwillig haben sie in ihrem zerfledderten Stadtplan geblättert.

Ja, doch, es gibt sie. Keine fünfzig Meter lang ist sie, ein Haus auf jeder Seite. Heute jedenfalls. 1955, als Malet seinen Burma ins 14. Arrondissement schickte, sah es noch anders aus.

„Ich sah ihn in Richtung Rue du Père-Corentin rennen, am Zaun eines unbebauten Geländes entlang."

Das Haus, in dem der Zeichner und Graveur Raymond Hillas wohnte, steht noch. Im Parterre wartete lange eine Crêperie vergeblich auf Kundschaft, jetzt wird dort Zwiebelkuchen und dergleichen serviert.

Ein paar Schritte entfernt nur liegen die Réservoirs de la Vanne, der Wasserspeicher von Montsouris, der größte der Welt, als er 1874 gebaut wurde. Zweihunderttausend Kubik-

Tatort: Der Wasserspeicher von Montsouris

meter Wasser faßt der Speicher. 235 Meter lang und 136 Meter breit, wirkt er wie eine grasbewachsene Festung. Wer ihn besuchen will, muß sich vorher schriftlich anmelden. Vielleicht deshalb, weil man mit manchen Besuchern unliebsame Überraschungen erlebt hat, wie bei Malet nachzulesen ist.

Weniger verschlossen als die Wasserburg zeigt sich der angrenzende Parc de Montsouris. Er stammt aus der Erbmasse des unerbittlichen Stadtsanierers Baron Haussmann, der auf dem Gelände ehemaliger Kalksteinbrüche eine der größten Grünflächen der Stadt anlegen ließ. Mit kurvigen Alleen, künstlichen Kaskaden und einem See. Als am Tag seiner Einweihung das eingelassene Wasser rätselhaft und grundlos versickerte, nahm sich der verantwortliche Ingenieur diese Peinlichkeit zunächst sehr zu Herzen und daraufhin das Leben. Einem anderen, bis heute unvollendeten Bauvorhaben wurde auf dem Spielplatz ein Denkmal gesetzt: der sogenannten Mission Flatters. Es war eine Gruppe von Experten, die vor über hundert Jahren das ehrgeizige Projekt betrieb, eine Eisenbahnstrecke quer durch die Sahara zu führen. Der Plan stieß jedoch auf heftigen Widerstand der Touaregs. Ein Obelisk (keine Pyramide, wie Burma meint) erinnert daran, daß

Der Parc de Montsouris

die fortschrittsfeindlichen Wüstenkrieger die Herrschaften aus dem fernen Frankreich allesamt umbrachten.

Auffallend schließlich ein Pavillon im maurischen Stil, die Nachbildung des Palais Bardo, der Residenz des Beys von Tunis, die im Original in der tunesischen Hauptstadt heute als Parlament und als Museum dient. Die Pariser Kopie war zunächst für eine Weltausstellung aufgebaut worden und wurde später Sitz des meteorologischen Observatoriums. Zur Zeit wird der Pavillon mit großem Aufwand restauriert.

Die kleinen Seitenstraßen am Park gelten als allererste Wohnadresse. Der über holpriges Kopfsteinpflaster führende Square Montsouris zum Beispiel, eine Aneinanderreihung

In dieser Straße wohnte Gaudebert

entzückender Hexenhäuschen mit winzigen Vorgärten. Eine ländliche Idylle von ganz unpariserischer Beschaulichkeit. Hier vielleicht und nicht in der benachbarten Rue du Douanier mag Malet seinen Monsieur Gaudebert einquartiert haben.

„Das Haus, in das mich die Pflicht ruft, stammt aus den Anfängen unseres Jahrhunderts. Hochparterre, eine Etage. Wozu das Türmchen an der linken Seite gut sein soll, ist nicht ganz klar."

Malet ortete seine Schauplätze häufig im Nebenhaus oder eine Straße weiter, kaschiert und korrigiert und setzt zuweilen einen zusätzlichen Farbtupfer. Der findige Bummelant tut gut daran, Burmas Spürsinn nachzueifern. Unser alter Freund, der Zöllner, hat sich den Park, phantasievoll angereichert, immer wieder zur Kulisse gemacht. Und wenige Jahre später nur spazierte ein Mann über die hügeligen Wege, der ungleich berühmter werden sollte: Ein gewisser Lenin. Der Revolutionär im Wartestand hatte sich vier Jahre lang in Paris niedergelassen. Zuerst in der Rue Beaunier und dann in der Rue Marie-Rose. Mit Frau und Schwiegermutter lebte er in einer kleinen dunklen Wohnung ohne jeden Komfort. Es gab kein Bad und keine Schränke. Kleider und die vielen hundert Bücher wurden in Obstkisten verstaut. Später wurde in dem schmucklosen Heim ein Museum eingerichtet – freilich ohne jedes Original. Ehrengäste der Kommunistischen Partei Frankreichs, zumal aus Moskau Angereiste, werden traditionell in die stille Rue Marie-Rose gelotst, was mir vor zwei Jahren immerhin das Spektakel verschaffte, den Genossen Gorbatschow bei seinem Staatsbesuch vom heimischen Balkon aus auf Wallfahrt zu sehen. An der Außenwand des etwas düster wirkenden Hauses ist eine Plakette mit dem Bildnis Lenins angebracht. Da aber gerade in diesem Viertel viele polnische Flüchtlinge wohnen, war es sicher kein Zufall, daß das Lenin-Haus nach der Zerschlagung der Gewerkschaft Solidarität und einer gerade in Frankreich hochschwappenden Welle der Sympathie für Lech Walesa monatelang Zielscheibe von antisowjetischen Parolen war. Tag für Tag konnte ich auf dem Weg zur Metro den jeweils aktuellen Stand der Schmähungen beobachten. Während nächtliche Malkolonnen weißklecksend wieder einmal den sowjetischen Einfluß in Polen zum Teufel gewünscht hatten und Walesa hochleben ließen, wurde am

hellichten Tag die Hausfassade wieder saubergetüncht. Einen Tag zum Beispiel nach dem Besuch des späteren KP-Chefs Tschernenko war ein zellophanverpackter Blumenstrauß verschwunden und Lenins Nase zierte ein dicker roter Fleck. Die Farbbeutel-Attentäter hatten wieder zugeschlagen.

Zur Weiterfahrt in das Viertel Plaisance nehme ich den PC-Bus. PC steht für petite ceinture, den kleinen Gürtel, die innere Ring-Straße rund um Paris. vor dem Weltkrieg gab es noch die Ring-Bahn, die dann leider eingestellt wurde und deren Streckenführung zunehmend verrottet. Pläne, sie wieder in Betrieb zu nehmen und damit den chaotischen Straßenverkehr zu entlasten, sind wiederholt gescheitert. Da sich an stillgelegten Schienensträngen aber vortrefflich Leichen ver-

Die stillgelegte Ring-Bahn

scharren lassen, spielt die Ring-Bahn für die ‚Ratten im Mäuseberg' eine wichtige Rolle.

Namen sind oft trügerisch. Man denke an die vielen baufälligen Häuser in Belleville (!) oder eben an das frühere Arbeiterviertel Plaisance, was vom Wortsinn her Vergnügen und Lust verspricht. Ein Vergnügen war es selten, in Plaisance zu wohnen. Früher vielleicht, vor der Gründerzeit, da blühte noch der Weizen zwischen alten Mühlen. Straßennamen aus dieser Zeit haben sich erhalten. Moulin Vert zum Beispiel oder Moulin-de-la-Vierge, in der freilich, wie Burma süffisant anmerkt, *„ich weder Mühle noch Jungfrau"* fand. Die Mühlen sind mit einer Ausnahme verschwunden. Daß die ausgerechnet auf dem Friedhof steht, ist pikant und bezeichnend genug. Selbst Straßen, die Mühlen-Namen trugen, gibt es nicht einmal mehr auf dem Stadtplan, wie die Rue Moulin-du-Beurre. Was der bauwütige Baron Haussmann im 19. Jahrhundert in die Wege geleitet hatte, suchte hundert Jahre später der Präsident Pompidou zu vollenden. Planierraupen fraßen sich gierig

Das Quartier Plaisance heute

in zumeist gebrechliche Bausubstanz, walzten verwinkelte Bruchbuden und Atelierwohnungen erbarmungslos nieder und machten ganze Straßenzüge dem Erdboden gleich. Nichts bleibt mehr von der Herberge der Mère Saguet, einem bliebten Ausflugsziel von Victor Hugo oder Alexander Dumas.

Abrasiert ist die Rue Perrel, in der unser alter Freund Rousseau seine letzten Jahre verlebte. Und weggefegt ist auch die Rue Blottière, der sicher keine Träne nachzuweinen wäre, hätte dort Malet zufolge, nicht ein gewisser Ferrand gehaust, *„in einer Bruchbude, vor der eine Gaslaterne blinde Wache hielt"*. Die Rue Blottière liegt unter der Erde (wie auch ihr Bewohner Ferrand). Ihr Grabstein ist von strotzender Häßlichkeit. Sozialer Wohnungsbau der schlimmsten Sorte. Ein weißgrauer schmutziger Koloß, den man irgendwann auch wieder abreißen wird. Direkt am Bahndamm. Da mögen Leichen ruhig ruhn. Wenn nicht gerade ein Zug vorüberfährt.

Bleibt die Rue Vercingétorix, eine der alten Lebensadern in Plaisance. Aber was bleibt? Kaum noch Ruinen. Das Atelier von Gauguin eingestampft, die Cour des Miracles, der Wunderhof, abgerissen. Zwei Dutzend einstöckige Ateliers, mit einem gepflasterten Hof und kleinen Hütten, die aus den Resten der Weltausstellung von 1889 zusammengestückelt wurden. Auch hier führte eine steile Holzstiege hinaus ins kümmerliche Atelier eines gewissen Rousseau. Weiter oben, eingezwängt zwischen sterilen Betonklötzen, dann die Überraschung. Eine kleine Bäckerei, die dem wütenden Angriff der Bulldozer standgehalten hat. Mittlerweile steht sie unter Denkmalschutz.

Aber seien wir ehrlich! Nicht alles, was da unter der Schirmherrschaft von Monsieur Pompidou in Schutt und Asche fiel, war es wert, erhalten zu werden. Anders als beispielsweise im Marais am rechten Seine-Ufer ging hier keine mittelalterliche Bausubstanz verloren. Und die Sturm- und Drang-Zeit der kompromißlosen Stadtsanierer ist inzwischen differenzierteren Planungen gewichen. Engangierte Bürger-

Der Bau von Ricardo Boffil

initiativen haben das ihre getan und oft das Allerschlimmste verhindert. Und schließlich gibt es auch gewagte, aber durchaus geglückte Beispiele einer experimentellen Architektur wie zum Beispiel der eigenartige Kolonnen-Bau von Ricardo Boffil.

Plaisance war und ist das Hinterland von Montparnasse. Immer noch ein Arbeiterviertel, längst nicht mehr die Zufluchtsstätte der vielen Maler und Bildhauer, aber fast schon ein Geheimtip für Hausspekulanten auf der unermüdlichen Suche nach wertsteigernden Objekten. Wer sich die Mühe macht, wird fündig. Da gibt es zauberhafte Hinterhofgärten wie die hinter zwei Torbögen versteckte Villa Jamot, wobei das Wort Villa hier für kleine Sackgassen steht, meist hinter hohen Häuserwänden verborgene Oasen abseits der dichtbefahrenen Straßen.

Hier wohnen noch immer Alteingesessene, aber auch neu Hinzugezogene, die in oft monatelanger Kleinarbeit unkonventionelle Refugien zusammenbasteln.

Die Zeit der Squatter scheint vorüber. Die Hausbesetzer

hatten hier eine Hochburg gefunden und waren meist erst nach zähem Widerstand aus den bereits halbverfallenen Ruinen herausgetrieben worden. Der Sumpf der Drogenszene hielt vor allem die Gegend um die Rue de l'Ouest fest im Griff. Aber auf lange Sicht bleibt das wohl Episode.

Auch die Bio-Läden, die alternativen Kneipen? Das Kino-Center des Mitterand-Neffen Frédéric, jahrelang Top-Adresse für Film-Freaks, hat erstmal dichtgemacht. Die Plaisance häutet sich. Ist ständigen Veränderungen unterworfen. Neue Nachbarn kommen und gehen. Aber die Kirche Notre-Dame-du-Travail, eine der merkwürdigsten in ganz Paris, hat standgehalten. Ihre eisernen Pfeiler lassen unwillkürlich an die Markthallen von Monsieur Baltard denken. Irgendwie ist ein Spaziergang durch die alte neue Plaisance doch ein Vergnügen.

Nicht überall natürlich. Auf den Spuren von Nestor Burma holt mich immer wieder der Frust ein. Die Rue des Mariniers, die Rue des Camélias, der Pavillon von Anatole Jakowski, das Haus von Auguste Courtenay – alles längst vergessen. Neubaugebiet – Burma ad acta.

„Ich parkte meinen Wagen am Ende der Rue des Arbustes. Direkt neben dem grauen Holztor, einer Art Lieferanteneingang des Hôpital Broussais, vor der Schranke, die den Autos die Zufahrt zur Brücke über die ehemalige Ringbahn verwehrte.“

Nichts da. Keine Schranke, keine Brücke, keine Ringbahn mehr. Angebaut und zugeschüttet. Das Krankenhaus ist natürlich noch da. Auch der Lieferanteneingang. Das graue Holztor ist jetzt aus Eisen, davor ein Haus, das einzige im Umkreis, das wenigstens Vergangenheit ahnen läßt.

Nestor, pack die Koffer, hier gibt's nichts mehr zu holen! Der Fall ist erledigt.

Trost auf dem Friedhof. Pariser Friedhöfe sind nicht trostlos. Auch nicht der von Montparnasse. Der ist zwar flach wie ein Teller und auch längst nicht so grün wie der Cimetière de Montmartre oder der Père Lachaise. Aber es ist wohl der lite-

Die letzte Mühle am Montparnasse

rarischste. Baudelaire liegt dort begraben, auch Guy de Maupassant und Sartre. Und und und. Der Friedhof ist erst 150 Jahre alt. Bis ins 18. Jahrhundert trafen sich dort auf freiem Feld die Studenten aus dem Quartier Latin (da, wo man lateinisch sprach) zu vergnüglichem Treiben. Die zahlreichen Mühlen wurden zu beliebten Ausflugszielen und produzierten nicht nur Mehl, sondern waren gleichzeitig gern aufgesuchte Kneipen. Auf diese Sitte führt übrigens auch das Touristen-Kabarett Moulin Rouge im Norden der Stadt am Montmartre seinen Ursprung zurück. Als die Stadt zu Beginn des vergangenen Jahrhunderts am Stadtrand neue Gräberfelder suchte, wurden die Mühlen auf Montmartre nach und nach abgetragen. Eine einzige blieb stehen und ist heute eine Art Abstellkammer für die Friedhofswärter.

Jenseits der Steinmauer liegt die Rue de la Gaîté, die Straße der Fröhlichkeit. Aber die Gaîté hat nichts mehr zu lachen. Sie ist so trist, als diene sie zur Einstimmung für einen Friedhofsbesuch. Ihre Blütezeit hatte die Straße bis zur Mitte des vergangenen Jahrhunderts, als sie noch hinter der Zollbarriere von Paris lag und man dort keine Weinsteuer zahlen mußte.

Da gab es noch zahlreiche Gartenlokale und Theater und Kabaretts. Nicht unbedingt der bevorzugte Treffpunkt der feinen Pariser Gesellschaft aus dem Westen, aber immer gut besucht. Im Théâtre Montparnasse zum Beispiel konnten die Besucher auf einem kleinen Ofen in der Mitte des Saales ihre mitgebrachten Speisen während der Pausen aufwärmen. Schräg gegenüber stand bis vor kurzem noch das „Bobino", neben dem „Olympia" die großer Pariser Music-Hall. Das „Bobino" war ein Sprungbrett zur großen Karriere. Die Piaf ist dort aufgetreten, Maurice Chevalier und Charles Aznavour. Aber die bescheidene technische Ausstattung des eher intimen Rahmens hielt nicht Schritt mit den Ansprüchen des Show-Business. Vor ein paar Monaten wurde das „Bobino" abgerissen, um einem Hotel Platz zu machen. Adieu, Paris. Die um das „Bobino" Tränen weinen könnten, sind längst weggezogen oder leben nicht mehr. Wie praktisch, daß der Friedhof gleich um die Ecke liegt.

Die neuen Mieter der Straße sind finstere Kinos mit drittklassigem Sex-Ramsch auf dem Spielplan und muffige Porno-Shops. Reeperbahn-Atmosphäre breitet sich aus.

Gehalten hat sich dagegen eine alte Institution in der Rue Vandamme. Dort treffen sich jeden Nachmittag in einem verräucherten Keller Hunderte von sogenannten Turfisten, wie die Franzosen sagen, die bei der Pferdewette ihr Glück suchen. Die auf den Wettscheinen notierten Pferderennen erfreuen sich in Frankreich einer so großen Beliebtheit, daß sie in den nachmittäglichen Nachrichten im Radio stets an der Spitze stehen. Wahrscheinlich selbst dann, wenn Präsident Mitterrand beschließen sollte, die Mona Lisa an die Japaner zu verkaufen. Aber die Mona Lisa ist natürlich ebenso unverkäuflich wie die Tour Montparnasse, der 56 Stockwerke hohe Turm, das kalte Herz des Viertels. 80 Aufzüge führen bis zu 8000 Beschäftigte jeden Tag in die Höhe. 350 Firmen haben sich dort zu sündhaften Preisen eingemietet. Eine Mannschaft

Tour Montparnasse

von 35 Feuerwehrleuten, 40 Wächtern und 200 Reinigungskräften steht zum Einsatz bereit. Tag für Tag liefern die Briefträger 60000 Briefe ab. Bis unters Dach. 209 Meter und 13 Zentimeter über dem Erdboden.

Anfang der siebziger Jahre wurde der Turm eingeweiht. Gegen den ebenso heftigen wie erfolglosen Widerstand von „alten Konservativen und jungen Linken", wie ein Chronist vermerkt. Er wurde zum architektonischen Krebsgeschwür, das ein im Lauf der Jahre gebrechlich gewordenes Quartier befiel und langsam zerstörte. Aber davon war schon die Rede.

Zu Beginn unseres Jahrhunderts gab es am Boulevard nur ein kleines reizloses Café, das ‚la Rotonde' hieß und eine ländliche Kneipe, die ‚Closerie des Lilas'. Dann kamen die Maler von Montmartre herüber, die neue Ufer suchten, und bärtige Herren aus dem weit entfernten Russland, die revolutionäre Reden im Munde führten, die man im Mutterland der Revolution meist ungestraft halten durfte. Lenin war dabei und Trotzki und auch Ilja Ehrenburg. Lenin hatte Paris nie gemocht. „Paris ist in mancher Hinsicht ein dreckiges Loch", hat er gesagt, „ich verstehe nicht, was für ein Teufel uns überhaupt hierher geschleppt hat. Es ist eine unbequeme Stadt, wenn man dort mit bescheidenen Mitteln leben muß, und sehr ermüdend. Aber um kurze Zeit dort zu sein, auf Besuch oder auf einer Tour, gibt es keine Stadt, die fröhlicher ist. Das hat mich auf ganz neue Ideen gebracht." Lenin verließ Paris noch vor dem Ersten Weltkrieg – im gleichen Jahr, da auf dem Montmartre Sacré-Coeur gebaut wurde.

Kaum hatten sich die ‚Roten' abgesetzt, da kamen die ‚Weißen'. Auch das zaristische Russland sollte in Paris sein Asyl finden. Die Cafés sind geblieben, neue gesellten sich hinzu. Neben der ‚Rotonde' das ‚Sélect', das ‚Dôme' und die ‚Coupole'. Viel bliebe zu erzählen von dieser Zeit, aber Burma hatte andere Ziele. Schade.

Eine der, wie ich meine, vortrefflichsten Schilderungen der wilden Zwanziger Jahre am Montparnasse hat Wolfgang Koeppen niedergeschrieben: „Das Café du Dôme hatte immer etwas von einem Wartesaal und einem Obdachlosenasyl. Eine Irrenzelle mit verriegelter Tür, ein Durchgangslager und ein Schiff auf der Fahrt zu immer wieder entfliehenden Ufern. Lenin, Joyce, Hemingway, Henry Miller, Cocteau, Strawinsky, Picasso und alle Surrealisten und Dadaisten und der nach seinem frühen Tode zum Heiligen des Montparnasse erklärte bitterarme, verzweifelte und betrunkene Modigliani verbrachten auf den harten Lederbänken des Dôme, auf seiner zugigen oder backofenheißen Terrasse ihre Tage, ihre Nächte, ihr Leben. Sie wechselten höchstens einmal zu einem ernsten Pumpversuch oder in vorübergehender geistiger Verwirrung ins Coupole oder die Rotonde hinüber, es spielte sich alles in diesem wahrhaft magischen Dreieck ab wie später auf Saint-Germain-des-Prés zwischen der Brasserie Lipp, dem Café Deux Magots und dem Flore."

In den kleinen Seitenstraßen des Montparnasse erinnern bretonische Crêperien daran, daß am Bahnhof die Züge aus der Bretagne ankommen und abfahren. Es gibt eine bretonische Bücherei und bretonische Folk-Konzerte und in manchen Cafés spielt die Musicbox bretonische Lieder.

Als Balzac starb, war der Montparnasse noch ein weitgehend unbeachteter Vorort. Balzac lag fast schon ein halbes Jahrhundert unter der Erde, als eine renommierte literarische Gesellschaft an den Bildhauer Rodin den Auftrag vergab, ein Denkmal für den unvergessenen Schriftsteller auszuarbeiten. Rodin („Ich wollte den von Schulden geplagten, schlaflosen Vielschreiber zeigen, wie er sich nachts aus dem Bett erhebt, um einen Gedanken zu Papier zu bringen.") entschloß sich, Balzac im Morgenmantel darzustellen, nicht etwa in der Ausgehrobe. Das der Öffentlichkeit vorgestellte Modell rief einen Aufschrei der Entrüstung hervor. „Mit Erstaunen hört man", so empörte sich ein Kritiker, „daß der Bildhauer drei Jahre darauf verwendet hat, den Schneider Balzacs ausfindig zu machen. Trug der Autor der ‚Comédie humaine' wirklich einen Kohlensack?"

Angewidert ließ man den Entwurf Rodins in der Schublade

Das Balzac-Denkmal von Rodin

verschwinden, so daß Alexandre Falguière die Ehre zuteil wurde, mit einer vergleichsweise biederen Ausführung die Straßenkreuzung an der Avenue Friedland und der Rue Balzac zu schmücken. Erst 37 Jahre später, Rodin war längst tot, wurde der ursprüngliche Balzac am Boulevard Montparnasse aufgestellt. Und Oscar Wilde sollte recht behalten, der schon frühzeitig geurteilt hatte: „Rodins Statue ist großartig. Genau das, was ein Romancier ist oder sein sollte. Das Löwenhaupt eines gefallenen Engels im Schlafrock."

An der Place Denfert-Rochereau führen 91 Stufen über eine enge Treppe tief unter die Erde. „Halte an", mahnt eine Tafel, „hier ist das Reich des Todes!" Ein Friedhof in der Unterwelt? Mehr als das. Fünf oder sechs Millionen Menschen oder das, was von ihnen geblieben ist, sind hier aufgestapelt. Oberschenkel und Unterkiefer, Schädel und Schulterblätter. Ein Knochen von Molière, ein Schulterblatt von Robespierre, ein Hüftgelenk von La Fontaine.

Was sich eben so ansammelt, wenn alte Friedhöfe aufgelassen werden. Gerade vier Jahre hatte das Königreich noch vor sich, als die alten Steinbrüche im Pariser Süden zur Massen-

Die Place Denfert-Rochereau

Die Heilanstalt Sainte-Anne

grabstätte wurden. Die grotesk-unheimlichen Katakomben sind nur ein kleiner Teil der Pariser Unterwelt. In den letzten Monaten der deutschen Besatzung hatte die Kommandostelle der Résistance, der Widerstandbewegung, dort Unterschlupf gefunden. Paris ist wie ein Schweizer Käse. Gut ein Zehntel der Stadt steht auf Hohlräumen. Irgendwann, so unken Pessimisten, wird die Stadt in sich zusammenfallen. Die Toten in den Katakomben werden ein Requiem anstimmen.

Mitten auf der Place Denfert-Rochereau thront der Löwe des Monsieur Bartholdi. Und an der Ecke zum Boulevard Arago hatte der Psychiater Dalaruc seine Praxis, der Burma später zur Heilanstalt Sainte-Anne führte. Eine stille Zuflucht für den verwirrten Castellenot. Hohe Mauern umschließen Sainte-Anne. Fast so hoch wie die dunklen Steine vor der Santé, dem berüchtigsten Gefängnis von Paris, ganz in der Nähe. Santé – ein seltsamer Name für ein Gefängnis, das Gesundheit heißt. Einfach deshalb, weil es früher ein Krankenhaus war.

Das 14. Arrondissement: acht Krankenhäuser und ein Friedhof und die Katakomben mit fünf oder sechs Millionen Toten, ein Park und eine Burg voll Wasser und mittendrin die Straße der Fröhlichkeit. Und ein paar Wohnungen, in denen der Zöllner Rousseau gemalt hat.

Peter Stephan, im September 1987

Anmerkungen des Übersetzers:

1. Kapitel:
Stalag („Stammlager"): Im 2. Weltkrieg Gefangenenlager in Deutschland.
Zwei- oder dreihundert Francs: Bei allen Geldbeträgen, von denen im Laufe des Romans die Rede ist, handelt es sich um Alte Francs.

2. Kapitel:
Sarthe: Fluß und Departement in Frankreich.

3. Kapitel:
Mora: Italienisches Fingerspiel.
Sainte-Anne: Psychiatrische Anstalt in Paris.

6. Kapitel
Quai des Orfèvres: Sitz der Kriminalpolizei in Paris.

8. Kapitel:
Pataphysik (scherzh.): Die Wissenschaft der imaginären Lösungen (Jarry).

9. Kapitel:
Café Cyrano... Wein aus Bergerac: Cyrano de Bergerac (1619 – 1655); der durch Rostands Komödie wieder lebendig gewordene Typus des burlesken Gascogners der Barockzeit, der seine Riesennase in Hunderten von Duellen verteidigte.

10. Kapitel:
Messalina: Gemahlin des Kaisers Claudius; veralt. für ausschweifend lebende, sittenlose Frau.

14. Kapitel:
Die Goldjungen vom Quai des Orfèvres (s. 6. Kapitel): orfèvre = Goldschmied; auch in dem Zusammenhang „Fachmann sein", „sich auskennen".

16. Kapitel:
Morgue: Gerichtsmedizinisches Institut und Leichenschauhaus in Paris. Heute **Institut Médico-Légal.**

18. Kapitel:
Monsieur Grandier von der Internationalen Versicherungsgesellschaft: Anspielung auf den Roman „Die Nächte von Saint-Germain" von Léo Malet, Elster Verlag 1986.

T 10 – S 11/12 – R 12	Rue Raymond-Losserand
U 14/15	Avenue Reille
K/J 15	Rue de Richelieu (2. Arrondissement)
U 13	Rue Sarrette
S/T 14	Rue de la Tombe-Issoire
R 12	Passage de Vanves
T 10/S 11/R 12	Rue Vercingétorix
T 13	Place Victor-Basch

Inhaltsverzeichnis

ELSTER VERLAG

MOOS & BADEN-BADEN

Von Léo Malet bereits erschienen:

1. *Arrondissement*

Bilder bluten nicht

Aus dem Französischen von Hans-Joachim Hartstein mit einem Nachwort von Peter Stephan.

ISBN 3-89151-011-X, DM 20,–.

2. *Arrondissement*

Stoff für viele Leichen

Aus dem Französischen von Hans-Joachim Hartstein mit einem Nachwort von Peter Stephan.

ISBN 3-89151-016-0, DM 20,–.

3. *Arrondissement*

Marais-Fieber

Aus dem Französischen von Hans-Joachim Hartstein mit einem Nachwort von Peter Stephan.

ISBN 3-89151-017-9, DM 20,–.

4. *Arrondissement*

Spur ins Ghetto

Aus dem Französischen von Hans-Joachim Hartstein mit einem Nachwort von Peter Stephan.

ISBN 3-89151-026-8, DM 20,–.

5. *Arrondissement*

Bambule am Boul'mich'

Aus dem Französischen von Hans-Joachim Hartstein mit einem Nachwort von Peter Stephan.

ISBN 3-89151-027-6, DM 20,–.

6. *Arrondissement*

Die Nächte von St. Germain

Aus dem Französischen von Hans-Joachim Hartstein mit einem Nachwort von Peter Stephan.

ISBN 3-89151-035-7, DM 20,–.

8. *Arrondissement*

Corrida auf den Champs-Élysées

Aus dem Französischen von Hans-Joachim Hartstein mit einem Nachwort von Peter Stephan.

ISBN 3-89151-036-5, DM 20,–.

9. *Arrondissement*

Streß um Strapse

Aus dem Französischen von Hans-Joachim Hartstein mit einem Nachwort von Peter Stephan.

ISBN 3-89151-040-3, DM 20,–.

10. *Arrondissement*

Wie steht mir Tod?

Aus dem Französischen von Hans-Joachim Hartstein mit einem Nachwort von Peter Stephan.

ISBN 3-89151-012-8, DM 20,–.

12. *Arrondissement*

Kein Ticket für den Tod

Aus dem Französischen von Hans-Joachim Hartstein mit einem Nachwort von Peter Stephan.

ISBN 3-89151-041-1, DM 20,–.

Sonderband:

Léo Malet

Brüll das Leben an

Frühe Texte und Gedichte

200 Seiten, gebunden

ISBN 3-89151-029-2, DM 34,–.

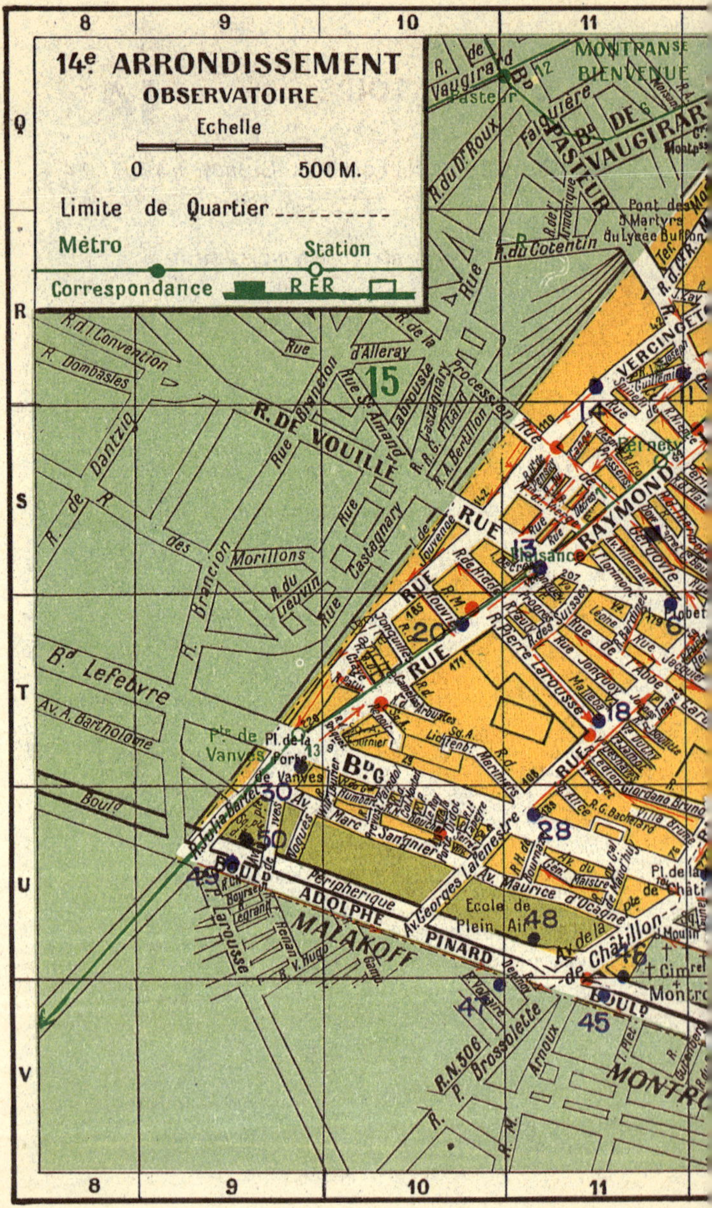
14e ARRONDISSEMENT
OBSERVATOIRE
Echelle
0
500 M.
Limite de Quartier
Métro
Station
Correspondance
RER
8
9
10
11
Q
R
S
T
U
V
R. de Vaugirard
Bd Pasteur
Falguière
Bd DE VAUGIRARD
MONTPARNASSE BIENVENUE
R. du Dr Roux
R. du Cotentin
Pont des 5 Martyrs du Lycée Buffon
R. de l'Armorique
R. d. l. Convention
R. Dombasles
Rue d'Alleray
15
R. DE VOUILLE
Rue Brancion
Rue St Amand
Labrouste
R. Castagnary
R. A. Bertillon
Procession
R. de Dantzig
R. des Morillons
R. Brancion
R. du Lieuvin
Rue Castagnary
RUE VERCINGETORIX
RUE RAYMOND LOSSERAND
Pernety
Plaisance
Rue de l'Abbé
R. Pierre Larousse
Rue Jonquoy
RUE
20
18
13
28
Bd Lefebvre
Av. A. Bartholomé
Pte de Vanves
Pl. de la Porte de Vanves
Bd G
30
50
49
Av. Marc Sangnier
Av. Georges Lafenestre
Av. Maurice d'Ocagne
Av. du Gal Maistre
Villa Brune
Ecole de Plein Air
48
Av. de la Pte de Châtillon
Pl. de la Pte de Châtillon
46
45
47
Périphérique
BOULD ADOLPHE PINARD
MALAKOFF
R. Larousse
R. Legrand
V. Hugo
R. N. 306
P. Brossolette
Arnoux
Cimre Montrouge
MONTROUGE
BOULD
Boul.d